Melissa C. Feurer / Jean C.M. Kristensen
HERZSTOLPERN

D1719080

Melissa C. Feurer / Jean C.M. Kristensen

Herz
stolpern

franCke

Über die Autorinnen:

Melissa C. Feurer wurde 1990 in Gunzenhausen in Mittelfranken geboren. Seit ihrem Abitur 2010 studiert sie in Würzburg Grundschullehramt. Ihre Begeisterung für das Schreiben entdeckte sie bereits mit 11 Jahren.

Jean C. M. Kristensen wurde 1991 in Bayern geboren und studiert seit 2010 Germanistik und Theologie in Würzburg. Im Grundschulalter begann sie mit dem Verfassen von Gedichten, mittlerweile schreibt sie vor allem Kurzgeschichten und Romane.

Bibliografische Information Der Deutschen Bibliothek
Die Deutsche Bibliothek verzeichnet diese Publikation in der
Deutschen Nationalbibliografie; detaillierte bibliografische Daten
sind im Internet über http://dnb.ddb.de abrufbar.

ISBN 978-3-86827-249-9
Alle Rechte vorbehalten
© 2011 by Verlag der Francke-Buchhandlung GmbH
35037 Marburg an der Lahn
Umschlagbild: © danstar / shotshop.com
Umschlaggestaltung: Verlag der Francke-Buchhandlung GmbH /
Christian Heinritz
Satz: Verlag der Francke-Buchhandlung GmbH
Druck und Bindung: CPI Moravia Books, Korneuburg

www.francke-buch.de

KAPITEL 1
MARIE

Meine Mutter wäre die perfekte Romanheldin. Sie ist alleinerziehend, jung, ein echtes Organisationstalent und als Krankenschwester im Würzburger Universitätsklinikum scheint sie einfach alles fertigbringen zu können. Niemand würde jemals behaupten, sie sei langweilig, spießig oder irgendwie zu streng. Das Einzige, was sie nicht wirklich kann, ist, die Mutter einer Siebzehnjährigen zu sein. Zuhören, Verständnis haben, trösten – solche Dinge stehen nicht gerade weit oben auf der Liste ihrer Fähigkeiten.

„Wasser", keucht sie, als sie reichlich spät von der Arbeit nach Hause kommt. Es ist halb fünf und ich sitze an den ersten Hausaufgaben dieses Schuljahres.

„Ich brauche Wasser", wiederholt meine Mutter und lässt sich auf den Küchenstuhl neben mir fallen. Die Mineralwasserflasche, die auf dem Tisch steht, ist so gut wie leer.

Seufzend stehe ich auf, um eine weitere aus dem Kühlschrank zu holen, und bekomme dafür ein dankbares „Du bist ein Schatz!" zu hören.

Eine Ewigkeit vergeht, während meine Mutter die Flasche halb leert und ich meinen Kram zusammenpacke. An einem Freitagnachmittag sehe ich keinen Grund, mich noch länger mit dem schematischen Aufbau einer Pflanzenzelle zu beschäftigen.

Mittlerweile hat meine Mutter das Chaos neben der Spüle entdeckt, das sich von Frühstück und Mittagessen angesammelt hat. Schmutzige Teller, leere Joghurtbecher und Pfannen mit klebrigen Resten darin. „Oh je", seufzt sie. „Hilfst du mir damit?"

„Geht nicht." Ich stopfe das abgewetzte Federmäppchen in meinen Rucksack. „Sonst verpasse ich den Bus."

„Du gehst noch weg?" Mit hochgezogenen Augenbrauen sieht sie zuerst auf die Uhr und dann auf den Kalender neben der Tür. „Doch nicht etwa schon wieder mit diesem Kerl. Diesem ... wie hieß er noch gleich?"

Ich weiß genau, was jetzt kommt, und beeile mich zu widersprechen: „Bastian. Aber ich gehe ..."

„Marie, wir wohnen noch keine vier Wochen hier und du hast schon ein Date nach dem anderen!"

Eigentlich habe ich etwas anderes sagen wollen, aber zuerst muss ich noch etwas zu meiner Verteidigung loswerden: „Ich bin erst zweimal mit ihm ausgegangen!"

„Zweimal zu oft, wenn du mich fragst." Sie steht auf und lässt Wasser in das Spülbecken laufen.

„Seit wann bist du eigentlich so kleinlich, was das angeht?", frage ich patzig und fange das Geschirrtuch auf, das sie mir zuwirft. Manchmal hat selbst meine Mutter ihre moralische Phase. Dann versucht sie, alle Fehler, die sie je gemacht hat, auf mich zu projizieren.

„Geh meinetwegen mit einem anderen aus", meint sie und klingt jetzt selbst wie ein bockiger Teenager. „Aber doch nicht mit so einem."

„So einem was?"

„So einem affektierten Schönling." Schwungvoll schüttet sie Spülmittel ins Wasser. „Ich spreche aus Erfahrung, wenn ich –"

Ich werfe das Geschirrtuch demonstrativ neben ihr

auf die Anrichte. „Wenn du meine Entscheidungen triffst? Vielleicht lässt du mich auch einfach erstmal ausreden. Ich gehe nicht mit Bastian aus, ich gehe in die Stadt und anschließend mit Lena und Christopher aus meinem Jahrgang in einen Jugendkreis."

„Oh." Ein bisschen betreten zuckt sie mit den Schultern und überlegt wohl einen Moment, ob es angebracht wäre, sich zu entschuldigen. Aber sie wäre nicht meine Mutter, wenn sie das wirklich täte. Im Entschuldigen sind wir beide mies. „Ich will ja nur dein Bestes, Mäuschen. Etwas Besseres, als ich es hatte. Dein Vater war auch so ein selbstverliebter Paradegaul und du weißt ja, wozu das geführt hat."

„Du leidest unter Verfolgungswahn, Mama." Immer noch nicht ganz versöhnt greife ich wieder nach dem Geschirrtuch und rubble schnell einen Teller trocken. „Nicht alle Kerle sind so."

„Hm", meint sie dazu nur. „Also, was ist das für ein Jugendkreis?"

Ich zucke mit den Schultern. Schließlich bin ich selbst sehr gespannt, was mich dort erwarten wird. „Eine christliche Jugendgruppe eben."

Ich kann richtig sehen, wie meine Mutter bei dem Wort „christlich" ein wenig das Gesicht verzieht. „Aha", sagt sie vage. Sie würde mir das nie ausreden. Als ich mich während meiner Zeit als Konfirmandin für Gott entschieden habe, hat sie mich dabei unterstützt, auch wenn sie nie allzu großes Verständnis dafür hatte.

„Und was machen die da?"

Ich seufze und lasse das Geschirrtuch sinken. „Das kann ich dir morgen sagen, wenn du mich jetzt endlich gehen lässt."

„Na, dann mach, dass du rauskommst." Sie klingt jetzt wieder wie die gute Freundin, die sie viel eher ist als eine Mutter. Aber ganz fehlen ihr die Voraussetzungen für diese Rolle auch nicht, denn als ich schon fast im Treppenhaus bin, ruft sie noch: „Die werden doch wohl anständig sein in diesem Jugendkreis, oder? Ich muss mir keine Gedanken wegen Alkohol, Drogen und so weiter machen?"

„Mama", schreie ich zurück. Meine Stimme hallt im Treppenhaus wieder. Bestimmt stürmt die alte Heimrath, unsere liebenswerte Vermieterin, gleich wieder aus ihrer Wohnung und brüllt mich an, dass in ihrem Haus nicht geschrien wird. „Mama, das ist ein christlicher Jugendkreis und keine Straßengang." Und da meine Mutter Christen für noch konservativer und spießiger hält, als ich das je von ihnen behaupten würde, reicht ihr das als Beruhigung.

———

In der Innenstadt verlaufe ich mich erst einmal. Ich kenne mich in Würzburg einfach noch nicht richtig aus und das Straßenbahnnetz, die fremden Ortsnamen und das städtische Durcheinander verwirren mich ziemlich.

Bis ich endlich die Geschäfte erreiche, die ich gesucht habe, ist es schon fast an der Zeit, zu der Bushaltestelle zu gehen, an der ich mich mit Christopher und Lena verabredet habe. Lena hat versprochen, mir noch einen kleinen Buchladen in der Nähe des Gebäudes, in dem der Jugendkreis stattfindet, zu zeigen, wo es ausgefallene und günstige Bücher gibt. Und zu spät in die Jugendgruppe wollen wir ja auch nicht kommen. Dabei ist mir beim Gedanken an diesen Abend mittlerweile etwas flau im Magen.

Ich schlendere die Straße entlang und überlege, ob ich nun links oder rechts abbiegen muss. Vielleicht sollte ich gleich jemanden nach dem Weg fragen. Aber weder die alte Frau, die ihren Hund am gegenüberliegenden Straßenrand entlangführt, noch das in einem Hauseingang herumknutschende Pärchen sehen so aus, als würden sie gerne gestört. Warum um alles in der Welt ziere ich mich nur so, obwohl ich doch eigentlich gar nicht schüchtern bin?

Aus einer Seitenstraße vor mir kommen ein junger Mann mit blondem Pferdeschwanz und ein kleiner Junge, der unsicheren Schrittes vor ihm herläuft. Der Mann hat eine Hand auf den Rücken des Kindes gelegt, damit es nicht wegläuft.

Ich gebe mir einen Ruck und laufe einen Schritt schneller, um die beiden einzuholen. „Entschuldigung!", rufe ich ihnen nach und der Mann bleibt stehen. Als er sich zu mir umwendet, bin ich überrascht. Er ist jünger, als ich gedacht habe. Vermutlich gar nicht viel älter als ich, und offenbar schon Vater. Aber mit einer Mutter, die nur sechzehn Jahre älter ist als ich, verwundert mich das nur einen kurzen Moment.

„Ich suche die nächste Bushaltestelle. Die muss irgendwo in der Nähe einer Apotheke sein." Zumindest hat Lena es mir so erklärt.

Der junge Vater nickt und meint lächelnd: „Gleich da vorne links um die Ecke."

Ich bedanke mich und ertappe mich dabei, wie ich ihm nachsehe. Sein freundliches Lächeln hat mich irgendwie angesprochen; die wenigsten Leute strahlen einen Fremden so an.

Ich schüttle über mich selbst den Kopf und schaue hastig auf meine Füße. Einem Mann nachzusehen, der mit seinem kleinen Sohn unterwegs ist! Das ist ja wohl völlig unangebracht.

Als ich wieder aufsehe, laufen die beiden immer noch einige Meter vor mir. Der junge Mann kramt in seinen Hosentaschen und sucht anscheinend nach irgendetwas, während der kleine Junge sich ein Stück von ihm entfernt hat. Er findet offensichtlich Gefallen an dem Hund auf der anderen Straßenseite. Mir bleibt vor Schreck fast das Herz stehen, als das Kind plötzlich vom Bordstein springt und einen Schritt auf die nicht gerade wenig befahrene Straße macht.

KAPITEL 2
JONA

Mit meinen Gedanken bin ich bei der Andacht, die ich für heute Abend vorbereitet habe, während Michi, der es nicht mehr besonders mag, an der Hand geführt zu werden, vor mir herläuft. Jetzt ist er schon drei und so gut wir uns auch normalerweise verstehen, möchte er doch bereits eigenständiger werden. Er möchte keine Hilfe mehr beim Zähneputzen oder beim Haarewaschen und er möchte eben auch nicht mehr an der Hand laufen.

Die Sonne strahlt mir ins Gesicht und ich schließe eine Sekunde lang die Augen. Plötzlich höre ich einen lauten Schrei.

„Vorsicht!", ruft eine Frauenstimme. Als ich die Augen aufreiße, sehe ich, dass Michi auf dem Weg über die Straße ist. Ein Auto hupt und die Frau, die ich gerade noch gehört habe, springt zu Michi auf die Fahrbahn und zerrt ihn auf den Gehsteig. Alles passiert so schnell, dass ich selbst gar nicht reagieren kann.

„Michi!" Mit einem Satz bin ich bei ihm und der Frau, die ihn gerettet hat. Es ist das blondlockige Mädchen, das mich kurz zuvor nach der Bushaltestelle gefragt hat.

Ich schließe Michi in die Arme, hebe ihn hoch und drücke seinen kleinen Körper fest gegen meinen. Ihm ist nichts passiert – Gott sei Dank. Trotzdem fängt

11

der Kleine vor Schreck an zu weinen und zu schluchzen.

„Geht es dir gut?", frage ich und drücke ihn noch ein bisschen fester. „Was machst du denn auch für Sachen? Mensch, Michi, du kannst doch nicht einfach auf die Straße rennen!" Der Schock steckt mir noch immer in den Knochen, auch wenn er langsam der Erleichterung weicht. Wie konnte ich nur so wenig auf ihn aufpassen? Nicht auszudenken, was passiert wäre, wenn dieses Mädchen nicht so schnell reagiert hätte!

„Lass mich runter", quengelt Michi, als er sich nach ein paar Minuten wieder beruhigt hat, und versucht, sich von mir loszumachen. Also stelle ich ihn wieder auf den Gehweg und wuschle ihm durch seine Haare. Dann schaue ich mich um, aber das Mädchen ist natürlich längst verschwunden. Und ich habe mich noch nicht einmal bedankt, dabei ist es doch wirklich wahnsinnig selbstlos, einfach auf die Straße zu stürzen, obwohl man genau weiß, dass dort Autos fahren, die vielleicht nicht mehr bremsen können. Schnell verdränge ich den Gedanken wieder. Ich möchte mir nicht vorstellen, was alles hätte passieren können.

Eine Viertelstunde später treffen Michi und ich uns mit Thomas, der uns zum Eisessen begleiten will. Ich habe dem Kleinen nämlich schon vor einer Woche versprochen, ihm ein Eis zu spendieren, weil er endlich damit aufgehört hat, zum Einschlafen an seinem Daumen zu lutschen.

Thomas steht bereits vor dem Dom, einem meiner Lieblingsgebäude in Würzburg.

„Wie geht es euch?", fragt Thomas und umarmt zuerst Michi, dann mich.

„Mich hat gerade fast ein Auto überfahren!", ruft Michi sofort und Thomas schaut mich zweifelnd an, weshalb ich kurz, aber nicht ohne ein schlechtes Gewissen zu bekommen, zusammenfasse, was passiert ist.

„Na, da hattest du aber einen Schutzengel bei dir", erklärt Thomas.

„Meinst du die blonde Frau?", fragt Michi und schaut meinen besten Freund neugierig an. Dieser zuckt mit den Schultern.

„Ich weiß nicht so genau. Ich war ja nicht dabei. Was meinst du, Jona? War die Frau ein Engel?"

„Keine Ahnung. Ausschließen kann man es sicher nicht", sage ich und zwinkere Thomas zu. „Jedenfalls hat sie dich gerettet, Michi. Was sie nicht hätte tun müssen, wenn du bei mir geblieben wärst." Oder ich besser auf ihn aufgepasst hätte.

„Ist ja nichts passiert", beschwichtigt mich Thomas.

„Blöd ist nur, dass ich mich nicht einmal bei ihr bedanken konnte."

Wir sind bei der Eisdiele angekommen und setzen uns an einen freien Tisch im Inneren.

„Kommst du heute Abend eigentlich in den Jugendkreis?", fragt mich Thomas nach einer Weile.

„Klar komme ich. Ich halte doch heute Abend die Andacht!" Ich lache.

„Ach so, stimmt ja. Das ist auf jeden Fall gut, ich muss dir da nämlich noch was erzählen." Er sieht geheimnisvoll zu mir herüber und sofort will Michi wissen, worum es geht. Ich wüsste das auch gerne und wahrscheinlich ist es nicht einmal etwas Geheimnisvolles, aber mein bester Freund liebt es, mich auf die Folter zu spannen.

Als wir unser Eis aufgegessen haben, ist es schon spät und ich muss mich sputen, Michi nach Hause zu bringen, damit ich pünktlich im Jugendkreis bin – beziehungsweise ein bisschen früher als normal. Wenn ich an meine Andacht denke, werde ich direkt ein wenig nervös.

KAPITEL 3
MARIE

An der Bushaltestelle warten Christopher und Lena schon auf mich. Ich schaffe es gerade noch rechtzeitig und muss im Bus erst einmal zu Atem kommen, ehe ich die beiden begrüßen kann. Aber das macht nichts, denn sie sind ohnehin miteinander beschäftigt. Genau wie in der Schule sind sie jede freie Minute am Turteln.

„Fast hättest du den Bus verpasst", meint Lena überflüssigerweise, nachdem sie ein Stückchen von Christopher weggerutscht ist, und grinst mich an.

Ich setze zu einer Antwort an, schnappe aber immer noch zu sehr nach Luft.

„Hätte auch nichts ausgemacht", winkt Christopher ab. „Es ist ja erst halb sieben. Dann hätten wir eben den Besuch im Buchladen ausfallen lassen." Er sieht seine Freundin von der Seite an und bekommt prompt von dieser gegen die Schulter geboxt.

„Du hättest nichts dagegen gehabt, ich weiß schon." Mit übertrieben leidender Miene wendet sie sich an mich: „Womit habe ich eigentlich einen solchen Literaturbanausen als Freund verdient?"

Als wir wenig später in einem engen Laden mit hohen Regalen voller Büchern stehen, scheint sich Lena aber schon wieder mit dem Gedanken versöhnt zu haben, mit Christopher zusammm zu sein, denn sie tauscht regelmäßig Küsse mit ihm aus. Ich fühle mich etwas verloren, während ich in den vollgestopften Regalen stöbere. Lena muss vergessen haben zu erwähnen, dass es sich um eine Buchhandlung handelt, die fast ausschließlich religiöse Literatur führt. Oder sie hat es für selbstverständlich gehalten.

„Was hast du eigentlich in der Stadt gemacht? Muss ja ungeheuer spannend gewesen sein, schließlich bist du fast zu spät gekommen." Lena zieht ein weiteres Buch aus dem Regal und legt es auf den kleinen Stapel, den Christopher trägt.

Ich muss über die beiden schmunzeln. „Ach, ich habe mich ein bisschen verlaufen", gestehe ich. „Und beinahe wäre ich überhaupt nicht mehr gekommen, weil ich fast Zeugin eines Unfalls geworden wäre." Das sollte ein Witz sein, aber mir kriecht sofort eine Gänsehaut über den Rücken, wenn ich daran denke, was hätte geschehen können.

Lena macht große Augen. „Was ist passiert?"

„Ein kleiner Junge ist auf die Straße gerannt." Ich erzähle ihr, wie knapp die Sache war und dass der Autofahrer noch nicht einmal angehalten, sondern nur ungeduldig gehupt hat.

„Idiot", kommentiert Lena. „Können Eltern aber auch nicht besser auf ihre Kinder aufpassen?" Ein weiteres Buch landet auf dem Stapel.

„Er hat aufgepasst. Der Vater, meine ich." Ich denke daran, wie er hinter dem Kleinen hergelaufen ist, und muss lächeln, weil ich diesen Ausblick so niedlich fand. Ein schlechter Vater ist er bestimmt nicht, auch wenn er einen Moment unaufmerksam war. „Er ist total süß hinter seinem Sohn hergegangen und hat auf ihn aufgepasst." Ich zucke mit den Schultern. „Aber dann hat er ihn wohl einen Moment aus den Augen gelassen."

„Kann ja jedem mal passieren", wirft Christopher

ein, während er versucht, den wachsenden Bücherstapel in eine weniger wackelige Position zu bringen.

„Er war noch ganz jung." Zur Abwechslung ziehe auch ich einmal ein Buch aus den Reihen und studiere eingehend den Klappentext. Er klingt gar nicht schlecht. „Höchstens ein paar Jahre älter als wir", füge ich beiläufig hinzu.

Lena zieht die Augenbrauen hoch. „Krass", meint sie. „Stell dir mal vor, jemand, den du kennst, hätte schon ein Kind." Sie mustert mich und fügt dann hinzu: „Stell dir vor, Bastian hätte ein Kind!"

Christopher schüttelt sich vor Lachen. „So ein Quatsch. Das ist doch total absurd."

Ich komme nicht dazu, ihm zuzustimmen, weil Lena schneller ist und meint: „Dann stell dir vor, ich wäre schwanger."

„Komm schon", kontert Christopher grinsend. „Dann würdest du heiliggesprochen."

Wir bleiben bis kurz vor acht in dem kleinen Buchladen, dann macht der Besitzer uns höflich darauf aufmerksam, dass er langsam schließen will. Mittlerweile habe auch ich einen Roman gefunden, der mich interessiert, und Lena hat ihren Bücherstapel noch einmal durchgesehen und ihre Wahl auf drei Exemplare reduziert.

„Total cool, dass du mit in den Jugendkreis kommst", sagt sie, als wir die Straße überqueren, um das Gebäude zu erreichen, in dem die Jugendlichen einen Raum für ihre Treffen haben. „Du wirst es bestimmt nicht bereuen. Die sind alle echt in Ordnung."

Auch Christopher lächelt mich an. Er war es, der die Idee hatte, mich in den Jugendkreis einzuladen. Ich hatte ihn nach einer Gemeinde in der Nähe gefragt, weil wir auf den Glauben zu sprechen gekommen waren. Bestimmt werde ich nie vergessen, wie begeistert die beiden waren, als sie erfahren haben, dass ich Christ bin. Christopher und Lena können sich allgemein für vieles begeistern, aber mit ihrer Freude über diese Nachricht haben sie mich richtig überrascht.

„Du brauchst nicht nervös zu sein", meint Christopher, der ein Talent dafür hat, meine Gedanken zu lesen. „Sie werden dich bestimmt mögen."

Ich hoffe, er hat recht.

Kapitel 4
Jona

Ein letztes Mal gehe ich die Punkte durch, die ich mir gestern Abend aufgeschrieben habe. Sie sollen die Andacht zu dem Thema „Sex vor der Ehe" ergeben, die ich heute im Jugendkreis halte. Dabei mache ich mir weniger Gedanken darüber, vor einer Gruppe zu sprechen, als darüber, dass ich es vielleicht nicht schaffe, das herüberzubringen, was ich wirklich sagen möchte – und was eben dazu in der Bibel steht.

Ich habe als Jüngster im Leitungskreis erst wenige Andachten gehalten und das Thema ist auch nicht gerade einfach oder angenehm. „Aber nötig", wie es Aaron, der Prediger, der unseren Jugendkreis betreut, in einer Besprechung formuliert hat. Abgesehen davon bin ich nun wirklich kein Spezialist auf diesem Gebiet. Was das angeht, bin ich eher unerfahren, und so war es auch wirklich schwierig, mir Argumente und Begründungen zu überlegen. Schließlich habe ich meinen Vater um Hilfe gebeten und der konnte mir als Pfarrer natürlich gut mit ein, zwei Bibelstellen und Formulierungen zur Seite stehen. Und trotzdem weiß ich nicht, ob gerade ich diese Andacht halten sollte, der ich doch so wenig Ahnung habe.

Ich lege meine Notizen auf den Herd der kleinen Küche, in der ich stehe, und trinke einen Schluck Limo, weil sich meine Kehle wie ausgetrocknet anfühlt. Außerdem ist mir warm, obwohl ich nur ein T-Shirt trage und meine Haare wie meistens zusammengebunden sind.

Also zwänge ich mich an den Getränkekisten vorbei, die sich auf dem Boden stapeln, und öffne das Fenster. Hätte ich die Andacht anders aufbauen sollen? Habe ich die richtigen Bibelstellen herausgesucht?

„Jona! Hier steckst du also!", reißt mich Thomas' Stimme aus meinen Überlegungen. „Ich wollte dir doch noch das Neuste erzählen." Ich schließe das Fenster, drehe mich um und stehe meinem besten Freund gegenüber, der mich anstrahlt und sich mit der linken Hand durch seine dunklen Locken fährt. Er sieht so glücklich aus, dass ich mir augenblicklich keine Sorgen mehr um die Andacht mache, sondern ihn anlächle. Aber wieso soll ich mir auch Sorgen machen, wenn ich doch Gott gebeten habe, mir heute Abend beizustehen?

„Hey übrigens", begrüße ich Thomas. „Was wolltest du mir denn erzählen?" Schließlich hat er gerade in der Stadt noch so ein Geheimnis daraus gemacht. Gemeinsam durchqueren wir – ich immer noch mit der Limoflasche in der Hand – den Gang und betreten den Jugendraum, in dem außer uns erst ein gutes Dutzend Leute sind. Mehr als zwanzig werden wir zwar selten, aber ein paar werden wohl in der nächsten Viertelstunde trotzdem noch kommen.

„Na, von der Wohnung! Ich habe endlich eine Wohnung gefunden! Mitten in Erlangen, keine zehn Minuten mit dem Fahrrad bis zur Uni und mit einem total netten Germanistikstudenten als Mitbewohner. Und ich kann zum ersten Oktober einziehen. Ist das nicht klasse?"

„Allerdings ist es das", bestätige ich. Selbst wenn ich es nicht gut fände, könnte ich bei Thomas' Anblick nicht anders. Er sieht aus, als würde er am liebsten jedem Einzelnen hier um den Hals fallen, dabei ist er sonst eher schüchtern.

„Wie groß ist dein Zimmer denn? Wie sieht es aus?", frage ich und höre ihm die nächsten fünf Minuten zu, wie er gar nicht mehr aufhören kann zu schwärmen. Dabei setzen wir uns auf ein Sofa gegenüber der Tür, das aus braunem Leder und schon ziemlich durchgesessen ist. Auch an der Wand links von uns stehen noch Sofas und vor uns liegen ein paar bunt zusammengewürfelte Sitzsäcke. Wieder einmal fällt mir auf, dass unser Jugendraum ziemlich vollgestopft ist, zumal rechts neben uns auch noch ein Schlagzeug und ein Keyboard stehen. Vollgestopft, aber mit den ganzen Braun- und Blautönen wahnsinnig gemütlich. Man hat sowieso eher das Gefühl, in einem Wohnzimmer zu sitzen als in einem öffentlichen Raum, wenn man erst einmal – zum Schutz des Teppichbodens – die Schuhe ausgezogen hat.

Wieder trinke ich einen Schluck, während ich durch die offene Tür Lenas kurzes, rotes Haar sehe. Einen Moment später kommt sie dann zusammen mit ihrem Freund Christopher herein – und einem Mädchen mit blonden Korkenzieherlocken. Sofort erkenne ich sie wieder; es ist das Mädchen, das vorhin Michi gerettet hat.

„Das ist sie!", sage ich zu Thomas und sehe zu dem Mädchen hinüber. „Sie hat vorhin Michi von der Straße geholt!"

„Echt?", antwortet mir Thomas. „Na, dann kannst du dich jetzt wenigstens bedanken."

Ich stehe auf, um sie zu begrüßen, aber Aaron und meine Schwester kommen mir zuvor. Sarah heißt unseren Gast mit geöffneten Armen und ihrem glockenhellen Lachen willkommen, was das Mädchen mit einem Lächeln erwidert, das sie gleich noch viel sympathischer erscheinen lässt.

Dann schüttelt Aaron ihr die Hand und ich ergreife die Gelegenheit, mich ihr vorzustellen, sobald ich Christopher und Lena begrüßt habe.

„Hallo", sage ich und sehe ihr in die Augen, die so dunkelblau wie das Meer sind. „Ich bin Jonathan. Aber eigentlich nennen mich alle Jona. Und ich wollte mich unbedingt noch bedanken, weil du vorhin Michi gerettet hast. Ich konnte gar nicht so schnell schauen, da warst du schon weg."

Marie, wie sie sich mir vorstellt, erwidert meinen Gruß und ich habe das Gefühl, meine Hände sind feucht.

„Du bist das erste Mal hier, richtig?", frage ich weiter.

Sie nickt. „Ja, das erste Mal. Ich bin aber auch erst vor Kurzem mit meiner Mutter aus Augsburg hierher gezogen."

„Wirklich? Cool. Und wie alt bist du? Gehst du noch zur Schule?" Ich hoffe, dass ich nicht zu neugierig wirke, aber Marie sieht nicht so aus, als wären ihr meine Fragen unangenehm.

„Ich bin 17 und ja, ich gehe in die zwölfte Klasse am Siebold-Gymnasium. Was arbeitest du denn?" Es wundert mich, dass sie mich nach meiner Arbeit fragt, doch als ich ihr erklären will, dass ich selbst noch zur Schule gehe und lediglich eine Stufe über ihr bin, stupst mich Aaron an.

„Jona, wir sollten langsam anfangen. Es ist schon fast halb neun." Ich lächle Marie entschuldigend an und hole dann meine Notizen, um mit der Andacht zu beginnen. Eigentlich fängt der Jugendkreis schon um acht Uhr an, aber wir sind alle total unpünktlich.

KAPITEL 5
MARIE

Ich bin ein bisschen enttäuscht, dass Jona mich so übereilt stehen lässt, denn durch die Unterhaltung mit ihm habe ich mich gleich weniger verloren gefühlt. Christopher und Lena sitzen mittlerweile auf einem der Sofas und es sieht nicht so aus, als wäre dort noch Platz für mich. Aber zum Glück winkt mir in diesem Moment das Mädchen zu, das sich mir als Sarah vorgestellt hat. Neben ihr ist noch ein Platz frei, auf den ich mich erleichtert sinken lasse.

„Hey", sagt Jona, der inzwischen auf dem Hocker hinter dem Schlagzeug Platz genommen und einen Zettel auf eine der Trommeln gelegt hat. Er wirkt sehr selbstbewusst und ganz so, als würde er sich in dieser Gruppe wirklich wohlfühlen.

„Mein kleiner Bruder", flüstert Sarah mir zu. „Er hält heute die Andacht über –" Sie verstummt, als Jona sagt: „Am Anfang möchte ich noch beten."

Mir fällt auf, dass kaum jemand die Hände faltet; die meisten senken nur den Kopf, schließen die Augen oder bleiben ganz so sitzen wie bisher.

„Vater, ich möchte dir danken, dass wir heute Abend Jugendkreis haben dürfen und dass ich die Andacht über dieses wichtige und schwierige Thema halten darf. Ich bitte dich, dass meine Worte deinem Willen entsprechen und dass jeder hier sich etwas davon mitnehmen kann. Amen."

„... über Sex vor der Ehe", vollendet Sarah den zuvor begonnenen Satz und ich muss schlucken. Ich weiß ja, dass manche Christen das recht eng sehen, aber immerhin bin ich hier doch in einer Jugendgruppe! Jedenfalls wird mir jetzt auch klar, was Christopher vorhin gemeint hat, als er sagte, Lena würde heiliggesprochen, wenn sie schwanger würde. Das hatte ich nicht ganz verstanden, aber nun verwundert mich nichts mehr.

„Ein paar von euch wissen ja wahrscheinlich schon, dass mein Thema heute ‚Sex vor der Ehe' ist. Die anderen wissen es spätestens jetzt", klärt Jona uns auf und schaut einen Augenblick auf seine Notizen. „Ich habe mir zuerst ein paar Gedanken dazu gemacht, was denn eigentlich gegen Sex vor der Ehe spricht."

Ich vermeide es, ihn anzusehen, aus Angst, seinem Blick zu begegnen. Plötzlich habe ich das Gefühl, hier völlig fehl am Platz zu sein. Kein Sex vor der Ehe? Von einer alten, verstaubten Kirchengemeinde erwartet man so etwas natürlich, aber Jona, Christopher, Lena und die anderen hier sind mir eigentlich ziemlich locker vorgekommen.

Und was mir noch viel verrückter erscheint: Jona ist vermutlich nicht viel älter als ich und hat offensichtlich nicht nur bereits ein Kind, sondern ist scheinbar auch noch verheiratet. Egal wie ich es drehe und wende, dieser Gedanke ist ziemlich krass.

„Man hat ja schließlich schon das Gefühl, dass das zu einer Beziehung dazugehört. Aber wie viele Beziehungen gibt es, die nicht halten? Und eine Trennung ist zwar immer schmerzhaft, aber es wird sicher nicht besser, wenn man schon miteinander geschlafen hat."

Aus dem, was er da sagt und der Tatsache, dass er bei seinen eigenen Worten ein bisschen rot wird, schließe ich, dass er nicht allzu viel Erfahrung mit Beziehungen und Trennung gemacht hat. Aber wie denn auch, wenn er in diesem Alter schon verheiratet und Vater ist? Vermutlich kennen er und seine Frau sich noch aus dem Sandkasten und sind einander seit jeher versprochen!

Unbeirrt fährt er fort: „Es heißt ja auch im sechsten Kapitel des ersten Korintherbriefs, dass man mit Unzucht, also Sex mit mehreren, verschiedenen Menschen, gegen den eigenen Körper sündigt. Den eigenen Körper, der der Tempel des Heiligen Geistes ist."

Weil alle um mich herum zustimmend nicken und murmeln, tue ich es auch. Dass der Körper Tempel des Heiligen Geistes ist, weiß ich natürlich auch, und so habe ich diese Sache bisher noch nie betrachtet.

„Und man versündigt sich auch gegen denjenigen, mit dem man schläft, wenn man sich danach wieder von ihm trennt. Inwiefern man das dann schon als eine Art Ehebruch bezeichnen kann, sei mal so dahingestellt."

Jetzt sträubt sich aber doch etwas in mir gegen seine Worte. Ich finde es wirklich in Ordnung, wenn jemand bis zur Ehe warten will, aber so verteufeln muss man Sex nun auch wieder nicht.

Jona redet weiter über die persönlichen, emotionalen Folgen von vorehelichem Sex. Wenn ich mir seine Ansichten so anhöre, dann wundert es mich langsam, dass er das Wort „Sex" überhaupt aussprechen kann, ohne tomatenrot zu werden oder sich daran zu verschlucken.

„Von außen wird aber auch immer wieder Druck auf uns ausgeübt und es gibt viele, die sagen, dass Sex vor der Ehe nichts Schlimmes ist. Da sind zum einen unsere Gleichaltrigen, für die das die natürlichste Sache der Welt ist, aber auch Filme und Bücher, in denen Protagonisten Sex haben, mit wem und wann sie wollen, ohne dass es erkennbare Konsequenzen gibt."

„Gleich sagt er, dass wir uns deshalb auch keine Filme ansehen und keine nicht christlichen Bücher lesen dürfen", denke ich zynisch und schäme mich im nächsten Moment ein bisschen für diesen Gedanken. Jona macht ehrlich den Eindruck, sich über dieses Thema Gedanken gemacht zu haben, und das ist an sich ja eine gute Sache. Vielleicht könnte er mich damit sogar überzeugen, wenn es bei mir nicht ohnehin schon zu spät für einen solchen Sinneswandel wäre oder wenn meine eigenen Erfahrungen schlechter gewesen wären. Aber ich hatte bei keinem meiner beiden Exfreunde das Gefühl, es wäre ein Fehler gewesen, dass ich mit ihnen geschlafen habe.

Vor lauter Gedanken habe ich ganz vergessen, Jona zuzuhören. Er redet mittlerweile über Gottes Willen, was dieses Thema betrifft. „In der Bibel steht ja nicht explizit etwas über vorehelichen Sex. Das hat einen einfachen Grund: In dieser Zeit war es schlichtweg üblich zu heiraten, bevor man miteinander geschlafen hat. In der Bibel geht man davon aus, dass ein Mann und eine Frau heiraten, gemeinsam Kinder bekommen und nicht ehebrechen – schließlich ist das ein Gebot." Er sucht einen Augenblick nach einer bestimmten Stelle in seinen Notizen, ehe er weiterspricht. „Ein paar Stellen dazu gibt es aber schon. Im ersten Korintherbrief heißt es: ‚Wenn sie aber nicht enthaltsam leben können, sollen sie heiraten. Es ist besser zu heiraten, als sich in Begierde zu verzehren.‘"

Er erklärt das dann auch noch, aber ich höre ihm nicht mehr wirklich zu, weil ich ein wenig ins Zweifeln gekommen bin. „Gott, kann das sein? Ist das wirklich dein Wille?", bete ich im Stillen. „Was soll ich denn dann tun?" Rückgängig machen kann ich immerhin nichts.

„Leidenschaft muss aber in bestimmten Grenzen stattfinden und in einem geschützten Raum", erklärt Jona weiter. Das ermutigt mich nun wieder ein bisschen. Er sieht die Ehe als geschützten Raum und ich sehe eben Beziehungen als einen solchen. Es ist ja nicht so, dass ich mit irgendwelchen fremden Kerlen geschlafen hätte. Eine Beziehung ist immerhin auch etwas Besonderes, auch wenn es keine Ehe ist.

Jona verweist auf das Hohelied der Liebe und ich nehme mir vor, es irgendwann einmal zu lesen. Und dann schließt er auch schon mit seinem persönlichen Fazit: „Im Alten Testament, in Genesis, heißt es, dass ein Mann seine Eltern verlässt, um mit einer Frau ein Fleisch zu werden. Und dieses Ein-Fleisch-Werden, das ist es auch, was Sex im Rahmen einer Ehe ausmacht. Aber eben auch nur im Rahmen einer Ehe."

Wieder erfolgt zustimmendes Gemurmel, einer sagt sogar „Amen" und Jona faltet seinen Zettel zusammen. Er sieht aus, als wäre er ziemlich erleichtert, dass er das gut überstanden hat, und setzt sich zu den anderen auf einen der Sitzsäcke auf dem Boden.

„Mein Brüderchen", schmunzelt Sarah neben mir. „Ich hätte nicht gedacht, dass er das so gut rüberbringt. Das sind übrigens Ida und Thomas", kommentiert sie dann weiter, als ein auffallend hübsches, blondes Mädchen und ein neben ihr sehr rundlich wirkender Junge mit einer Gitarre nach vorne gehen. „Sie leiten den Lobpreis."

Das, was Sarah als Lobpreis bezeichnet hat, ist für mich ziemlich neu. Ein bisschen ist es wie in einem ganz normalen Gottesdienst – man singt Lieder. Aber trotzdem ist es irgendwie ganz anders, denn die Begeisterung ist einfach ansteckend.

Weil ich nur ein einziges Lied kenne, höre ich vor allem zu und lese die Texte mit, die ein Beamer an die

Wand projiziert. Es sind Gebete und so singen die anderen Jugendlichen sie auch, mit geschlossenen Augen, gefalteten Händen oder zur Decke erhobenen Armen. Die Ehrlichkeit, die in ihren Worten liegt, berührt mich richtig. Schon allein wegen des Lobpreises nehme ich mir vor, in der nächsten Woche wiederzukommen.

Das letzte Lied gefällt mir ganz besonders und ich wage es beim Refrain, auch mitzusingen: „Jesus Christus, unser Herz war in Mauern, in Mauern aus Sünde, doch du hast uns daraus befreit. Unsere Schuld ist vergeben und dafür loben wir dich, Herr, auch wenn unsere Worte nicht ausreichen, um dir zu danken."

Aber ganz kurz frage ich mich dabei schon, ob auch die Schuld vergeben ist, die ich selbst vielleicht gar nicht als solche erkenne. Was, wenn Jona nämlich recht hat und Sex vor der Ehe doch Sünde ist?

KAPITEL 6
JONA

Nach dem Lobpreis setzen Thomas und ich uns zu Marie, während Sarah aufgestanden und gegangen ist – sie ist morgen in aller Frühe in einer Suppenküche eingeteilt, um dort mit dem Kochen zu helfen. Auch Lena, Christopher und Marco, ein dunkelhaariger Junge, setzen sich zu uns. Sie nehmen auf den am Boden liegenden Säcken Platz. Dann beginnen wir, uns zu unterhalten. Erst streifen wir ein paar alltägliche Themen, dann kommt Marie noch einmal auf ihre Frage von vorher zurück: „Du wolltest mir noch erzählen, was du arbeitest."

„Gar nichts", gebe ich zurück und lächle. „Ich bin noch Schüler. Auch auf dem Siebold, um genau zu sein, allerdings eine Stufe über dir. Sehe ich so alt aus?" Mein letzter Satz war eigentlich als Scherz gemeint, doch Maries Miene wird nachdenklich und sogar ein klein wenig schockiert.

„Aber dann bist du ja höchstens ein, zwei Jahre älter als ich!", ruft Marie aus und ich habe überhaupt keine Ahnung, worauf sie hinaus will. Auch Thomas, den ich fragend ansehe, sieht nicht viel klüger aus.

„Ja", gebe ich zu, „ich bin 18. Wieso ist das so komisch?" Nun ist es Marie, die verständnislos aussieht.

„Na ja, immerhin bist du schon verheiratet!" Ich entgegne nichts, weil ich erst einmal sprachlos bin, aber das ändert sich, als Marie ein paar Sekunden später hinzufügt: „Und einen Sohn hast du auch schon." Der Groschen fällt und sowohl Thomas als auch ich fangen an zu lachen.

„Jona und verheiratet? Nein, das nicht. Er ist noch zu haben." Thomas kichert, während er Marie zuzwinkert und mich in die Seite knufft. Einen Moment lang schaue ich verlegen zur Seite.

„Und was ist mit Michi?" Marie sieht zweifelnd zwischen mir und Thomas hin und her und ist inzwischen puterrot angelaufen.

„Er ist mein kleiner Bruder", erkläre ich und versuche, nicht wieder zu lachen, weil ich mir vorstellen kann, dass das für Marie nicht besonders angenehm ist. Sie nickt, macht aber immer noch ein nachdenkliches Gesicht.

„Aber deine Andacht vorhin", setzt sie an und zögert dann einen Augenblick. „Ich meine, dann hast du ja gar nicht so richtig Ahnung von dem, was du gesagt hast, oder? Ich will damit nicht sagen, dass die Andacht schlecht war oder so." Sie wird noch ein bisschen röter, aber diesmal kann ich mit ihr mitfühlen. Schließlich spricht sie damit genau meine Zweifel an.

„Ich hatte ein bisschen Hilfe von meinem Vater. Er ist Pfarrer", erkläre ich.

„Und man kann sich doch über dieses Thema Gedanken machen, ohne dass man schon selbst entsprechende Erfahrungen gesammelt hat", fügt Thomas an und Marie und ich nicken.

„Aber man sieht das alles sicherlich noch ein wenig leichtfertiger, wenn man die Situation noch nicht kennt", erwidert Marie. Eine Zeit lang geht die Diskussion noch hin und her und ich bekomme nur am Rande mit, wie Lena erklärt, dass sie müde ist, und wie sie und Christopher aufstehen, um zu gehen. Die beiden haben sich mit Marco unterhalten und anscheinend wollen sie uns bei unserer Unterhaltung nicht unterbrechen, denn sie winken nur in die Runde und sind schon fast zur Tür heraus, als Marie aufspringt. „Hey, ich wollte doch mit euch nach Hause fahren", meint sie zu den beiden, hört sich dabei aber nicht mal vorwurfsvoll an, sondern nur ein bisschen verwundert. Unweigerlich spüre ich, wie sich bei dem Gedanken, dass sie jetzt geht, laue Enttäuschung in mir breitmacht.

„Ach, bleib doch noch", erwidert Christopher und macht eine ausladende Handbewegung. „Du unterhältst dich doch so gut."

„Genau", sagt Thomas. „Du kommst später schon noch nach Hause. Jona und ich sind beide mit dem Auto da." Also setzt Marie sich wieder und ich lächle.

Wir sitzen sicher noch über eine Stunde zusammen, reden und stellen fest, dass Marie nur zwei Straßen von mir entfernt wohnt, weshalb wir uns um kurz vor Mitternacht auch gemeinsam erheben, um nach Hause zu fahren. Thomas schließt bei der Verabschiedung nicht nur mich, sondern auch Marie in die Arme, was mich sehr freut – die beiden scheinen einen guten Draht zueinander zu haben. Aber keinen so guten, dass ich das Gefühl hätte, eifersüchtig sein zu müssen. Halt, eifersüchtig? Wieso sollte ich überhaupt eifersüchtig sein? Ich muss an den wissenden Blick denken, den Thomas mir vorhin zugeworfen hat, als ich Marie angeboten habe, sie nach Hause zu bringen.

―――――――

Im Auto ist es kühl und ich mache als Erstes die Heizung an, während ich Gott leise darum bitte, dass er uns auf dem Heimweg beschützt. Dann räuspere ich mich. Wir sind allein und ich fühle mich plötzlich befangen. Meine Hand auf dem Schaltknüppel liegt ganz nah an Maries Hand auf ihrem Schenkel.

„In welchem Jugendkreis warst du eigentlich in Augsburg?", frage ich, während ich mich über die Schulter hinweg drehe, um rückwärts auszuparken.

Marie neben mir zögert.

„Eigentlich war ich in Augsburg in gar keinem Jugendkreis." Ich kann nicht anders, als kurz zu ihr hinüberzuschauen, weil mich ihre Antwort doch ziemlich erstaunt.

„Echt nicht? Hat es dich dann irgendwie …" Ich halte inne und suche nach den richtigen Worten. „Wie hat es dir dann bei uns gefallen? Ich meine, wenn du so etwas gar nicht kennst."

„Es hat mir total gut gefallen", erwidert Marie schnell und mir wird gleich wieder leichter ums Herz. „Der Lobpreis war klasse – und deine Andacht auch. Und die ganzen Leute sind alle so nett. Ich meine, ihr seid alle so nett."

Ich grinse in die Dunkelheit hinein, während ich in den dritten Gang schalte.

„Heißt das, du kommst nächste Woche wieder?"

„Das habe ich vor."

„Cool. Das freut mich echt." Und das meine ich auch so.

Ein paar Minuten später parke ich in der Hofeinfahrt des Hauses, in dem Marie und ihre Mutter zur Untermiete wohnen.

„Danke, dass du mich nach Hause gefahren hast." Marie umarmt mich und steigt dann schnell aus. „Gute Nacht!"

Kapitel 7
Marie

Am Montagmorgen bin ich beinahe verboten guter Stimmung. Ich habe meine Biologiehausaufgabe am Wochenende natürlich nicht mehr zu Ende gemacht und mein Leistungskursleiter hat mir deshalb seine maßlose Enttäuschung zugesprochen. Aber abgesehen davon könnte die Woche gar nicht besser beginnen.

Schon in der ersten Pause treffe ich nämlich Jona in der Pausenhalle. Er sitzt an eine Säule gelehnt auf dem Fußboden und ist in irgendwelche Unterlagen vertieft. Wenn ich ihn jetzt so sehe, finde ich den Gedanken, er könnte verheiratet und Vater sein, so absurd, dass ich fast darüber lachen muss. Jona wirkt nicht nur ziemlich jung, sondern auch sehr unschuldig.

„Guten Morgen", begrüße ich ihn gut gelaunt und gehe neben ihm in die Hocke. Ich bin mir nicht sicher, ob ich auf jeden anderen aus dem Jugendkreis auch sofort so zugehen würde, aber bei Jona fühlt es sich einfach richtig an.

„Hey", sagt Jona überrascht und lehnt sich vor, um mich zu umarmen, wobei ich ein wenig ins Straucheln komme und mich dann einfach neben ihn auf den Boden setze.

„Hattest du ein schönes Wochenende?", will er gleich wissen, was viel ehrlicher interessiert klingt als ein „Wie geht es dir?"

„Ja." Ich lächle ihn an. „Aber der Freitag war am besten."

Jona grinst, sagt aber nichts. Es ist nicht so, dass er irgendwie schüchtern wäre, aber ich habe das Gefühl, dass ich mich ihm gegenüber ein wenig zurückhalten muss. Er ist so anders als die ganzen anderen Kerle.

„Was lernst du denn da?", frage ich unverfänglich.

„Kennzeichen von Entwicklungsländern. Erdkunde-Leistungskurs."

Ich verziehe das Gesicht und als Jona das zur Kenntnis nimmt, fängt er an zu lachen. „Welche Leistungskurse hast du denn?"

„Bio und Deutsch."

Er nickt. „Deutsch habe ich auch. Aber wir in der 13. haben den besseren LK-Leiter."

„Ich kann mich bisher nicht beschweren", meine ich schulterzuckend und dann reden wir eine Weile über die Lektüren für dieses Halbjahr; Goethe und Schiller für mich, Brecht und Fontane für ihn.

„Ich würde auch lieber noch einmal ‚Maria Stuart' lesen", sagt Jona gerade, als es zur nächsten Stunde läutet. Ich habe jetzt Kunst und freue mich eigentlich darauf, aber spontan habe ich viel mehr Lust, einfach hierzubleiben und mich weiter mit Jona zu unterhalten.

„Red dir nur nichts ein", ermahne ich mich in Gedanken und ärgere mich, weil ich es doch bereits tue. Nur weil jemand nett ist, heißt das nicht zwangsweise, dass er auf diese Art interessiert ist. Überhaupt ist Jona – das hat er am Freitag erzählt – ein Pfarrerssohn und die sind doch bekannterweise von Haus aus nett und dafür erst recht tabu.

„Bis demnächst." Jona hat seine Sachen zusammengepackt und winkt mir im Gehen zu. Am liebsten würde ich ihn aufhalten, nur um mich noch richtig von ihm zu verabschieden, doch in diesem Moment gesellt sich Bastian, der Junge, mit dem ich zweimal ausgegangen bin, zu mir. Obwohl ich ihn ganz gerne mag, kommt er gerade echt ungelegen. Als er sich zudringlich bei mir unterhakt und fragt: „Na? Alles klar?", bin ich so überrascht, dass ich sein Lächeln einfach nicht erwidern kann. Alles, was ich denke, ist: „Jona, dreh dich jetzt bitte, bitte nicht um."

———

Er dreht sich natürlich nicht um. Wahrscheinlich ist er mit seinen Gedanken schon wieder ganz woanders. Und eigentlich geht es ihn ja auch nichts an, mit wem ich befreundet bin und wie. Nach seiner Andacht am Freitag habe ich trotzdem das ungute Gefühl, er und der ganze Jugendkreis fänden das nicht gut. Auch Gott nicht?

„Hast du am Freitag schon was vor?", fragt Bastian auf dem Weg zu den Kunstsälen und wartet meine Antwort gar nicht ab. „Ich habe mir gedacht, dass wir ja noch gar nicht gemeinsam essen waren. Immer nur unter so vielen Leuten im Kino und in der Disco."

Wenn ein Draufgänger wie Bastian plötzlich richtig mit dir ausgehen will – in ein Restaurant oder so –, dann weißt du, dass es jetzt ernst wird. In die Disco oder ins Kino kann man mit jedem gehen. Aber kein Junge lädt ein Mädchen zum Essen ein, wenn er nicht wirklich interessiert ist.

„Ich würde wirklich gerne –" setze ich an, aber da fällt mir Bastian schon ins Wort: „Super, dann hole ich dich um sieben ab."

„Ich *würde* gerne", wiederhole ich, diesmal mit Nachdruck. „Aber ich kann nicht."

Er sieht einen Moment lang enttäuscht aus und das

rührt mich. Aber er findet seine Gelassenheit schnell wieder, fährt sich durch das dunkle Haar und meint: „Dann am Samstag?"

Ich schenke ihm ein Lächeln, weil er mich auch anlächelt. Er hat nur Augen für mich, während wir reden, was mir das Gefühl gibt, ungemein wichtig zu sein. „Okay, Samstag."

„Gut." Bastian nickt mir zu und lässt mich dann stehen, um ein Stockwerk weiter nach oben zu den Musiksälen zu gehen, während ich vor den Kunsträumen stehen bleibe, wo sich schon der halbe Kurs versammelt hat. Christopher und Lena warten bereits auf mich, aber ehe ich mich zu ihnen geselle, sehe ich Bastian nach, bis er verschwunden ist. Er ist nicht so selbstbewusst und cool, wie er tut. Das ist es, was ich an ihm mag. Ein weicher Kern in einer harten Schale, und ich habe die Möglichkeit, einen Blick hinter die Fassade zu werfen und ihn so kennenzulernen wie die wenigsten.

„Bereit für den Impressionismus?" Ich stelle mich zu Christopher und Lena, die sich leise unterhalten haben und schlagartig verstummen, als sie mich sehen.

„Na toll", denke ich ein bisschen ungehalten. Kaum ist man einmal in ihrem Jugendkreis gewesen, fühlen sich alle dafür verantwortlich, aufzupassen, dass man keine Dummheiten macht. Aber ich lasse mir nicht in mein Leben hineinreden.

Kapitel 8
Jona

Als ich am Freitag gemeinsam mit Thomas in unserem Jugendraum sitze und mich mit ihm unterhalte, kann ich nicht anders, als immer wieder zur Tür zu sehen. Und mein bester Freund merkt das natürlich sofort. „Sie wird schon noch kommen", sagt er und legt mir einen Arm um die Schultern. „Du hast doch gesagt, dass sie auf jeden Fall kommen möchte." Selbstverständlich habe ich Thomas davon erzählt, dass mir Marie sehr sympathisch ist – als hätte er das nicht selbst bemerkt. Ich habe sie auf Anhieb gemocht, denn abgesehen davon, dass sie Michi gerettet hat, ist sie auch noch wahnsinnig nett.

„Das hat sie gesagt, ja", antworte ich, da kommt Lena zur Tür hinein und sofort geht mein Blick an ihr vorbei. Aber nur Christopher folgt ihr.

„Hey, ihr beiden!", begrüßt Lena Thomas und mich und umarmt uns. Obwohl ich mich freue, sie zu sehen, bin ich enttäuscht. Dabei möchte ich das gar nicht sein.

„Habt ihr Marie heute nicht dabei?", frage ich dennoch.

„Offensichtlich nicht", erwidert Christopher und Lena fügt hinzu: „Aber sie kommt noch." Ich lächle die beiden an – na ja, wahrscheinlich strahle ich eher und trage wie immer mein Herz auf dem Gesicht, denn Christopher mustert mich skeptisch und seine Freundin stupst ihn an.

„Ich wollte mit dir reden", sagt er zu mir, und bevor ich ihn fragen kann, wieso, konkretisiert er: „Über Marie." Ich nicke nur und weiß überhaupt nicht, womit ich rechnen muss. Hat er bemerkt, wie gut sie mir gefällt? Hat sie es vielleicht bemerkt und sich bei ihm beschwert, dass ich ihr zu aufdringlich bin? Oder ist es etwas ganz Harmloses?

„Ich wollte dir nur sagen, ...", er zögert und ich sehe ihm an, dass er lieber gar nichts sagen würde, „ ... dass du dir vielleicht bei Marie nicht so viele Hoffnungen machen solltest. Ich glaube nicht, dass sie das gleiche Interesse an dir hat." Von einer Sekunde auf die nächste fühlt sich mein Magen wie verknotet an und ich mich ertappt.

„Wie meinst du das?", möchte ich wissen und habe das Gefühl, es ist nur eine rhetorische Frage.

„Na ja, in der Schule wirkt es so, als würde sie mit einem unserer Mitschüler anbandeln. Bastian. Die beiden waren schon ein paar Mal miteinander aus."

———

Marie kommt erst, als die Andacht schon fast beginnt. David hält sie an diesem Freitag und seine Stimme und seine Worte beruhigen mich. David ist Mitte zwanzig und eigentlich ein sehr stiller Mensch. Aber auf ihn trifft das Sprichwort von den stillen Wassern so gut zu wie auf kaum einen anderen. Dementsprechend tiefsinnig geht er auf das Thema ein und bringt uns alle zum Nachdenken. Als er dann ein Gebet gesprochen hat und alles für den Lobpreis vorbereitet wird, sehe ich aus den Augenwinkeln zu Marie hinüber, die wieder neben meiner Schwester auf dem Sofa sitzt. Ihr

Blick ist nach unten gerichtet und sie wirkt ganz entspannt und zufrieden – ich dagegen bin wahnsinnig unzufrieden, wenn ich mir vorstelle, dass sie vielleicht gerade in diesem Moment an Bastian denkt.

Bevor ich wegsehen kann, schaut Marie zu mir. Sie hat wohl bemerkt, dass ich sie anstarre, aber sie lächelt lediglich. Schnell drehe ich mich weg; ich möchte mich jetzt auf Gott konzentrieren und auf nichts anderes. Diesen Vorsatz halte ich auch den ganzen Lobpreis über durch.

Nach dem Lobpreis allerdings zieht es mich dann doch zu Marie.

„Alles in Ordnung bei dir?", frage ich und lasse mich neben sie auf das Sofa fallen. Sarah ist inzwischen in ein Gespräch mit Aaron vertieft.

„Ja, alles in Ordnung", gibt Marie zurück und erwidert die Frage, woraufhin ich nicke. Dann reden wir eine Weile über die Andacht.

„Ich dachte vorhin schon, du kommst gar nicht mehr", sage ich schließlich, als eine kurze Gesprächspause entsteht.

„Das dachte ich auch fast." Sie lacht und streicht sich eine Haarsträhne hinter das rechte Ohr. „Meine Mutter hat mich dazu überredet, mit ihr joggen zu gehen, und das war doch zeitintensiver, als ich dachte."

„Joggen? Wie alt ist deine Mutter denn?" Augenblicklich muss ich an meine Mutter denken, die zwar nicht unsportlich ist, aber trotzdem nie auf die Idee kommen würde, zu joggen. Das hat sie sicher seit zehn Jahren schon nicht mehr gemacht – mindestens.

„Sie ist 33. Du brauchst gar nicht anfangen zu rechnen: Ja, sie war gerade einmal 16, als sie mich bekommen hat."

„Wow", antworte ich und weiß nicht so recht, was ich sagen soll. „So gesehen ist es gar nicht so unrealistisch, dass Michi mein Sohn sein könnte." Marie wird wieder ein bisschen rot und ich sage schnell: „33, das ist wirklich ganz schön jung. Meine Mutter ist über 40."

„Du hast aber auch eine ältere Schwester. Ich bin ein Einzelkind. Hast du außer ihr und Michi noch andere Geschwister?"

„Ja, noch einen kleinen Bruder." Ich lächle, als ich von Paul erzähle, der drei Jahre älter ist als Michi. Allerdings erkläre ich auch, dass Paul und Michi gar nicht Sarahs und meine richtigen Brüder sind, sondern als Pflegekinder bei uns wohnen. Nur untereinander sind sie blutsverwandt, was aber nicht heißt, dass meine Eltern sie nicht genauso lieben wie uns, und Sarah und ich sie, als wären sie unsere leiblichen Geschwister. Und das, obwohl sie erst seit zwei Jahren bei uns wohnen.

„Und was macht deine Mutter beruflich?", frage ich Marie und bemerke wieder, wie angenehm mir ihre Gegenwart und die Unterhaltung mit ihr sind. Bastian habe ich zu diesem Zeitpunkt schon in das hinterste Eck meines Gehirns verdrängt. Marie geht ebenso auf mich zu wie ich auf sie und von mehr als einer eventuellen Freundschaft kann ich doch bisher sowieso nicht ausgehen.

„Sie ist Krankenschwester in der Uniklinik."

„Da hat sie es ja gar nicht weit bis zur Arbeit", stelle ich fest und Marie nickt, bevor sie sich danach erkundigt, was ich nach dem Abitur machen will.

„Ich möchte Lehrer werden. Irgendwas mit Sprachen", erkläre ich. Dann reden Marie und ich noch eine ganze Weile, bis sich später Thomas und Aaron zu uns gesellen. Meine Schwester ist inzwischen schon wieder nach Hause gegangen – selbst wenn sie am nächsten Morgen nichts vorhat, bleibt sie selten so lange wie ich. Auch Aaron fragt Marie nach ihrer Familie, ihrem früheren Wohnort und nach der Schule. Ich erfahre dabei nichts, was ich noch nicht wüsste, aber ich finde es trotzdem total schön, ihr zuzuhören. Später erzählt dann Thomas von seiner Woche und seinem bevorstehenden Umzug und ich bemerke gar nicht, wie die Zeit verfliegt, bis Aaron schließlich meint, dass er jetzt nach Hause gehe. Thomas sieht auf die Uhr und erhebt sich ebenfalls, gähnt demonstrativ und streckt sich.

„Ich muss dann auch mal in die Falle", verkündet er und ich stelle fest, dass es schon nach Mitternacht ist. Außer uns sind nur noch David und seine Freundin Ida da und auch sie scheinen in Aufbruchslaune zu sein, weshalb ich Marie anbiete, sie wieder mit dem Auto mitzunehmen. Sie nimmt dankend an und wir gehen hinaus in die kühl gewordene Nacht. Lieber wäre ich noch in unserem Jugendraum geblieben und hätte dieses behagliche Gefühl eines wunderschönen Abends genossen.

Kapitel 9
Marie

Nach dem gestrigen Freitagabend stehe ich der Verabredung mit Bastian mit gemischten Gefühlen gegenüber. Es kommt mir so vor, als wäre er Teil einer anderen Welt, zu der ich gar nicht mehr so recht dazugehören will. Aber andererseits ist das ja auch meine Welt und ich kann mich nicht in den Jugendkreis zurückziehen, als gäbe es außerhalb dieser Gruppe keine anderen Menschen.

Überhaupt fällt mir kein wirklich guter Grund ein, warum es mit Bastian und mir nicht klappen sollte. Er ist so bemüht um mich und ich fühle mich wirklich gut in seiner Nähe.

Meiner Mutter fallen natürlich tausend Gründe ein, warum ich mir das trotzdem nochmal überlegen sollte. Der Grund, der für mich noch am meisten Gewicht hat, ist ihr nicht bekannt. Der heißt Jona und ich versuche schon den ganzen Tag lang, nicht an ihn zu denken.

„So kannst du aber nicht gehen." Meine Mutter steht im Türrahmen und hat die Arme verschränkt.

„Wieso nicht?" Ich drehe mich vor dem mannshohen Spiegel und bin eigentlich ganz zufrieden mit dem, was ich sehe.

„Zu wenig Stoff", knurrt meine Mutter.

Ich trage Jeans und ein Top, nicht gerade das, was

man als besonders gewagt bezeichnen würde. Aber meiner Mutter zuliebe schlüpfe ich in eine dünne Jacke, die zumindest meine Schultern etwas bedeckt. Draußen ist es ziemlich kühl, und bis wir im Restaurant sind, werde ich meinen Anorak tragen. Von zu viel sichtbarer Haut kann also gar keine Rede sein.

„Wann kommst du nach Hause?"

„Weiß noch nicht", antworte ich und meine Mutter nickt. Sie macht mir keine Vorschriften, aber ich weiß, dass sie mich lieber früher als später zurück wüsste, solange ich alleine mit einem Jungen unterwegs bin. Gebranntes Kind scheut nun mal das Feuer, wie man so schön sagt. Und ich bin der lebende Beweis dafür, dass meine Mutter definitiv ein gebranntes Kind ist. Ich kann mich nicht erinnern, dass sie jemals wirklich ein Date hatte. Und das in all den Jahren. Wenn sie nicht immer so sehr über meinen Vater schimpfen würde, könnte man meinen, sie wäre nie über ihn hinweggekommen.

„Sei anständig", verabschiedet sie sich an der Tür von mir. Bastians Auto steht schon in der Einfahrt, was er mit einem Hupen auch die ganze Nachbarschaft hat wissen lassen.

„Ja, das hätte ich mir denken können", motzt die alte Heimrath im Treppenhaus, wo sie gerade den Boden wischt – ihre Lieblingsbeschäftigung, denn solange sie sich dort befindet, kann sie jeden anmaulen, der vorbeikommt. Sie schimpft noch irgendetwas von „Ruhestörung" und „Jugendlichen", aber ich bin schon zur Tür hinaus.

„Hübsch siehst du aus", begrüßt Bastian mich. Er ist extra ausgestiegen, um mir die Beifahrertür aufzuhalten. Ich bin hin und weg von dieser Geste.

„Dankeschön." Ich würde das Kompliment am liebsten erwidern, denn Bastian sieht wie immer aus, als wäre er einem Magazin für Männermode entstiegen, aber ich habe einen Kloß im Hals. Er ist schick gekleidet und das Restaurant, in das wir fahren, sieht ziemlich teuer aus. Die Sache ist noch viel ernster, als ich angenommen hatte.

Zu einer richtigen Unterhaltung kommt es während des Essens nicht, denn ich fühle mich plötzlich viel zu befangen. In der Schule lässt Bastian den Frauenhelden heraushängen und privat kann er so zuvorkommend und romantisch sein. Das überfordert mich und irgendwie ist es mir auch ein bisschen zu viel. Ich habe das Gefühl, seinen Erwartungen nicht gerecht zu werden. Aber – so tröste ich mich – das hätte ich bei Jona genauso, wenn auch auf eine ganz andere Art.

„Was war denn nun gestern so wichtig, dass wir unser Treffen verschieben mussten?" Obwohl eine Ecke des Tischs zwischen uns ist, fühlt es sich so an, als wäre Bastian mir gefährlich nahe. Ich sehe jedes Haar seines Bärtchens und jede Wimper.

Einen Moment lang muss ich wirklich nachdenken. „Ich war im Jugendkreis", sage ich dann und Bastian zieht die Augenbrauen nach oben.

„Mit Christopher und Lena?"

Ich nicke. „Ja, Christopher, Lena und Jona, aus der Dreizehnten." Ich habe keine Ahnung, warum, aber das rutscht mir einfach so heraus, obwohl es völlig unnötig ist. Als ginge es mir schlicht und einfach darum, diesen Namen auszusprechen, der in Bastians Gegenwart doch so ganz und gar fehl am Platz ist.

„Kenne ich nicht." Bastian zuckt mit den Schultern. „Wie ist er?"

Wie er ist? Er ist wunderbar, ich glaube, ich habe noch nie einen solchen Menschen getroffen.

Meine Gedanken überschlagen sich, während Bastian seinen Satz beendet: „Der Jugendkreis, meine ich."

Ich spüre, wie ich rot werde. „Oh … ähm … super", stottere ich, fahre mir durchs Haar und versuche die Situation mit einem Lächeln zu retten. Bei Bastian klappt das sogar. Er lehnt sich vor, streicht mir eine Haarsträhne aus dem Gesicht und meint leise: „Du wirkst aufgeregt."

Hastig senke ich den Blick, dann schaue ich wieder auf und Bastian direkt in die Augen. Dort wo seine Hand mein Gesicht berührt hat, spüre ich die Hitze. Er könnte mich jetzt küssen und wir wären offiziell ein Paar. So einfach funktioniert das in der Welt, zu der Bastian gehört. Ich würde ihn zurückküssen, so viel steht fest. Sonst wäre ich heute Abend nicht mit ihm ausgegangen.

Aber Bastian rutscht, ohne mich geküsst zu haben, wieder auf seinem Stuhl zurück. Er sieht ein wenig verlegen aus. Ich brauche eine halbe Ewigkeit, um zu begreifen, warum. Ein Kellner ist an unseren Tisch getreten, was ihm nun selbst unangenehm zu sein scheint. „Ich wollte Sie nicht stören", entschuldigt er sich, und während er Bastian sehr höflich zu verstehen gibt, dass andere Gäste auf einen freien Tisch warten und wir ihn bereits seit Stunden in Anspruch nehmen, bin ich unheimlich erleichtert, dass aus dem Kuss nichts geworden ist. Das geht mir alles zu schnell.

Bastians Entschuldigung, nachdem wir das Restaurant schließlich verlassen haben, weise ich deshalb auch lächelnd zurück. „Macht nichts. Wir holen das nach."

„Jetzt?" Er greift nach meiner Hand und ich lasse es zu.

„Nein, nicht jetzt." Wenn ihm wirklich etwas an mir liegt, dann hat das Zeit. „Hast du nächsten Samstag schon etwas vor?"

Bastian lächelt und sieht dabei fast ein bisschen

schüchtern aus. „Nein. Nicht, wenn du dich mit mir treffen willst."

Also verabreden wir uns für den nächsten Samstag im Kino und Bastian fährt mich nach Hause. Nachdem er weg ist, stehe ich noch eine Weile im dunklen Treppenhaus und lasse den Abend Revue passieren.

Aber soviel ich auch nachdenke, ich komme einfach nicht darauf, warum ich statt Schmetterlingen ein flaues Gefühl im Bauch habe.

Kapitel 10
Jona

Als ich mich auf meinen Platz in der letzten Reihe des Biologiesaales setze, ist der Raum noch kaum gefüllt. Herr Nenner steht vorne und geht ein letztes Mal seine Unterlagen für den kommenden Unterricht durch. Er ist immer ziemlich gut vorbereitet und bleibt nie hängen, obwohl er noch jung ist, aber trotzdem kann ich die Stunden bei ihm nur schwer ertragen und bin auch entsprechend schlecht in Bio.

„Guten Morgen, Jona", begrüßt mich meine Sitznachbarin Elisabeth, als sie sich auf ihren Stuhl fallen lässt. Elisabeth und ich sitzen in ein paar Fächern nebeneinander, auch wenn wir weder gut befreundet sind noch es je waren. Es trifft sich nur gut, dass wir beide in der Schule nicht allzu viele Kontakte haben und schon gar nicht in unserem Jahrgang, auch wenn ich nichts gegen die Leute habe. Ich bin einfach nie mit den anderen weggegangen und habe auch kein besonderes Interesse an Freundschaften mit ihnen gehabt, weil ich ja Freunde habe. Nur eben nicht in der Schule.

Mit Elisabeth verstehe ich mich trotzdem ganz gut. Außer dass wir Sitznachbarn sind, haben wir nicht viel miteinander zu tun, aber ich weiß mittlerweile, dass sie ein netter, eher stiller Mensch ist.

Ein Weile später sind fast alle Plätze im Raum gefüllt und Herr Nenner beginnt, über neurophysiologische

Vorgänge zu sprechen. Er erklärt uns, wie das Ruhe-potential einer Nervenzelle entsteht, durch das Reize in unserem Körper weitergegeben werden. Das hört sich alles ziemlich kompliziert an, aber ich mache mir nur ein paar Notizen dazu und beschäftige mich die restliche Zeit damit, an Marie zu denken und mich auf den kommenden Freitag zu freuen, an dem wir sicher die Gelegenheit haben werden, uns mal wieder etwas länger zu unterhalten als nur die paar Minuten in der Pause.

Ich sehe es auch so nicht ein, mir mehr Notizen zu machen – es stört mich ungemein, dass wir das Wun-der des Lebens so auseinandernehmen müssen. Es mag sich naiv anhören, aber es genügt mir, dass meine Ner-venzellen funktionieren. Muss ich denn wissen, wie sie funktionieren? Ich halte nicht viel davon, Gottes Schöpfung derart zu entzaubern, was auch der Grund war, weshalb ich mich von Anfang an gegen einen Bio-Leistungskurs entschieden habe, ganz im Gegensatz zu Marie. Was sie wohl so an der Biologie fasziniert?

Herr Nenner vorne an der Tafel macht eine verhei-ßungsvolle Pause und ich versuche, meine Konzentrati-on wieder auf seinen Unterricht zu richten. Schließlich wird es das Einfachste sein, Marie einfach irgendwann zu fragen.

Nach der Doppelstunde gehe ich in die noch recht lee-re Pausenhalle und sehe mich natürlich sofort um, ob ich Marie irgendwo entdecken kann. Bisher scheint sie aber noch nicht da zu sein, wobei ich auch nicht weiß, ob sie in den ersten zwei Stunden überhaupt Unter-richt hatte. Also setze ich mich an der Wand auf den Boden und hole mein Neues Testament, ein extrakleines Format für die Jackentasche, heraus. Ich schlage die Apostelgeschichte auf, kann mich aber nicht so recht auf das konzentrieren, was vor meinen Augen geschrieben steht, denn immer wieder wandert mein Blick durch die sich füllende Halle. Sie ist so groß und es wuseln so viele Schüler umher, dass ich nicht einmal weiß, ob ich Marie überhaupt sehen würde, wenn sie hier wäre, geschweige denn sie mich. Sollte ich vielleicht aufstehen und eine Runde drehen? Oder mich auf einen etwas exponierteren Platz setzen? Im nächsten Moment möchte ich mich für diese Überlegungen ohrfeigen. Immerhin kenne ich Marie erst seit zwei Wochen und wir wissen so wenig voneinander, dass sie mir nicht die ganze Zeit im Kopf herumspuken sollte.

Ich sehe, wie Christopher und Lena durch die Tür in die Halle kommen. Mit ihnen rede ich in den Pausen natürlich auch ab und zu, doch es ist nicht so, als würden wir uns suchen. Auch jetzt bemerken sie mich gar nicht, aber ich sehe, wer kurz nach ihnen hereinkommt: Marie. Einen Augenblick lang schlägt mein Herz höher, dann sehe ich, dass Bastian neben ihr herläuft, und ich kann gar nichts dagegen tun, dass ich enttäuscht bin. Wahrscheinlich hat mich Christopher nicht umsonst davor gewarnt, mich ernsthaft für Marie zu interessieren, wenn ich mir so anschaue, wie Bastian sie anhimmelt. Ich beiße mir auf die Lippe und versuche wieder, in der Apostelgeschichte zu lesen. Diesmal klappt es besser.

„Jona!", holt mich ein, zwei Minuten später eine Stimme zurück in die Realität der Pausenhalle. Sofort blicke ich auf; Marie kommt lächelnd auf mich zu und umarmt mich zur Begrüßung, bevor sie sich zu mir setzt. Bastian hat sie nicht mehr im Schlepptau.

„Und, wie waren deine ersten zwei Stunden?", fragt sie mich, während ich fasziniert ihre blonden Locken betrachte. Ich würde so gern durch sie hindurchstreichen.

„Ziemlich nervig", gebe ich ehrlich zu und erkundige mich nach ihrem bisherigen Schultag, der anscheinend wesentlich besser als meiner war. Sie hatte Deutsch und erzählt mir auf meine Bitte hin die restliche Pause ihre Meinung zu ihrer derzeitigen Lektüre. Währenddessen stelle ich, wahrscheinlich zum wiederholten Mal, fest, wie schön es ist, ihr zuzuhören.

Kapitel 11
Marie

Die ganze Woche habe ich mich wie verrückt auf Freitag gefreut. Obwohl ich es ihm schon am Mittwoch gesagt habe, fragt Jona mich am Freitagmorgen, ob ich am Abend in den Jugendkreis komme. „Na klar", erwidere ich und verkneife es mir, hinzuzufügen, dass ich es kaum erwarten kann.

„Sarah hält die Andacht", erklärt er. „Sie redet schon seit zwei Tagen darüber." Er verdreht die Augen, lacht aber dabei.

„Worum geht es denn?"

„Das", sagt Jona, „ist mir auch nicht so ganz klar. Irgendwie darum, dass man sich Zeit lassen soll."

Obwohl es vermutlich gar nichts damit zu tun hat, muss ich sofort an Jonas Andacht vor zwei Wochen denken. Sich Zeit lassen, was Beziehungen angeht. Wenn ich am Samstag wieder mit Bastian ausgehe, dann wird er sich sicherlich nicht noch mehr Zeit lassen wollen. Dann wird er mich küssen und nach dem Treffen wird er fragen, ob ich mit zu ihm nach Hause kommen will. So schätze ich ihn zumindest ein. Aber das werde ich ganz bestimmt nicht machen.

Ich sehe Jona an und habe ein schlechtes Gewissen, weil ich in seiner Gegenwart an Bastian gedacht habe. Es ist, als hätten solche Überlegungen in seiner Nähe nichts verloren, weil Jona selbst so wahnsinnig besonnen und unschuldig wirkt. Und das ist etwas, was Bastian und auch der Sache zwischen ihm und mir einfach fehlt.

Sarahs Andacht an diesem Abend dreht sich nicht um Beziehungen, sondern um die Hektik in unserer Gesellschaft, die dazu führt, dass Gott einfach immer zu kurz kommt. Ich überlege, wie selten ich mir in der vergangenen Woche Zeit zum Beten genommen habe, und bin ein wenig beschämt, wie recht Sarah hat.

„Unangenehme Wahrheiten", befindet auch Thomas nach dem Lobpreis. „Dabei geht es ja gar nicht darum, jeden Tag stundenlang zu beten."

So, wie er es sagt, klingt es, als würde er das zumindest gelegentlich tun. Ich dagegen kann mich an kein einziges Gebet erinnern, das länger als ein paar Minuten gedauert hätte.

„Aber es würde nicht einmal viel Zeit kosten, jeden Tag ein Kapitel in der Bibel zu lesen", führt Thomas seine Überlegungen weiter aus und Jona stimmt ihm zu.

Ich sage lieber überhaupt nichts, denn ich bete weder stundenlang noch lese ich in der Bibel. Und ich will nicht, dass Jona das weiß, weil ich Angst habe, dass er dann schlecht von mir denken könnte.

Zum Glück wechseln die beiden bald das Thema und Thomas erzählt von seiner Wohnung in Erlangen, bis ein anderes Grüppchen ein Sofa weiter seinen Namen ruft und er aufspringt, um zu ihnen hinüberzugehen. „Ihr beiden müsst mich unbedingt mal in Erlangen besuchen", sagt er schon im Gehen und ich bin mir ziemlich sicher, dass er Jona zuzwinkert. Ich stelle mich vorläufig blind und taub, aber mein Herz macht einen kleinen Hüpfer.

„Ich kann mir gar nicht vorstellen, dass Thomas von hier wegzieht", sagt Jona, als sein bester Freund gegangen ist. Er geht überhaupt nicht auf die Anspielung ein, die ich mir vielleicht doch nur eingebildet habe.

„Kommt er ab und zu nach Hause?", frage ich.

„Er hat es vor. Jedes Wochenende, wenn sein Geldbeutel es zulässt. Sonst würden wir ihn aber auch nicht gehen lassen." Er grinst ein wenig.

Ich muss daran denken, dass Jona dieses Jahr ebenfalls sein Abitur machen und dann vielleicht wegziehen wird. Einen Moment lang will ich ihn danach fragen, aber andererseits kann man ja auch in Würzburg Lehramt studieren und an diese Hoffnung möchte ich mich vorerst klammern.

Ida unterbricht unsere Unterhaltung ohnehin an dieser Stelle, indem sie sich zu uns setzt und Jona eine Unmenge Fragen über den Beruf seines Vaters stellt. Ich bleibe sitzen, schon allein deshalb, weil ich es schön finde, Jonas Stimme zu hören.

„Weißt du, ich möchte gerne Theologie studieren", erklärt Ida an mich gewandt und fährt sich durch das leuchtend blonde Haar. Ich fühle mich neben ihr wie eine graue Maus. Vielleicht kommt dieses Gefühl aber auch nur daher, dass Jona jetzt keine Zeit mehr für mich hat.

„Sie kann reden wie ein Wasserfall, was?" David setzt sich zu mir und nickt in Richtung seiner Freundin.

Ich zucke nur mit den Schultern, weil ich nichts sagen möchte, das irgendwie unfreundlich klingt.

„Wie ist das mit dem Studium?", fragt Ida Jona gerade und David will gleichzeitig von mir wissen: „Du warst schon ein paarmal hier, oder?"

Ich nicke, wir stellen uns einander nochmal ganz offiziell vor und damit hat sich das Gespräch auch schon fast erledigt. Dass David nicht gerade der Gesprächigste ist, ist mir schon zuvor aufgefallen. Aber Ida redet für zwei, weshalb das vermutlich kein Problem ist.

„Morgen ist dieser Handwerkermarkt", erzählt sie, nachdem sie alle ihre Fragen gestellt zu haben scheint. „Auf der Alten Mainbrücke. David und ich müssen da unbedingt hin. An manchen Ständen gibt es ja so schöne Ketten und Haarklammern. Magst du Märkte?", will sie, ohne auch nur einmal Luft geholt zu haben, von mir wissen.

„Ähm ... ja, schon", erwidere ich ein bisschen perplex und begegne Jonas belustigtem Blick.

„Bei Ida ist jeder am Anfang ziemlich überfordert. Aber du brauchst dir deshalb keine Gedanken zu machen", kommt er später im Auto darauf zu sprechen. Wir haben den Rest des Abends mit Thomas, Marco und Aaron *Activity* gespielt und sind deshalb nicht mehr dazu gekommen, uns großartig zu unterhalten.

„Sie redet zwar ohne Punkt und Komma, aber wenn man sie ein bisschen besser kennt, kommt man sogar hin und wieder zu Wort."

Ich grinse und denke im Stillen, dass ich eigentlich gar nicht überfordert von Ida bin, sondern eher ein bisschen eifersüchtig. Sie wirkt unglaublich selbstsicher, was bei ihrem Aussehen gar kein Wunder ist. Und sie hat eine Beziehung, die mir zwar ein wenig schleierhaft, aber trotzdem etwas wesentlich Ernsthafteres ist, als alles, was ich schon erlebt habe. Das ist es, was mich nachdenklich macht. So hat Gott sich Beziehungen vermutlich vorgestellt. Während des gesamten Abends habe ich nicht einmal gesehen, dass David und Ida sich geküsst hätten, doch die Blicke, mit denen sie einander ansehen, sprechen Bände. Sie kleben nicht permanent aneinander, aber jeder kann sehen, dass sie perfekt aufeinander abgestimmt sind, wie zwei ineinander verhakte Zahnräder.

„Hörst du mir noch zu?", reißt Jona mich aus den Gedanken. Wir sind schon fast zu Hause, wie mir ein

Blick aus dem Fenster verrät. Ich muss ziemlich lange geschwiegen haben.

„Tut mir leid." Ich spüre, wie meine Wangen warm werden.

„Mensch, die Gespräche mit mir scheinen ja echt richtig spannend zu sein", spöttelt Jona und fährt noch ein wenig langsamer. Hinter uns kommt kein Auto, weshalb das kein Problem ist. Und es verlängert die Zeit, die ich noch mit Jona alleine bin.

„Ich war nur so in Gedanken", entschuldige ich mich und hoffe, er fragt nicht, worüber ich denn nachgedacht habe.

Aber ihm scheint etwas ganz anderes auf der Seele zu brennen. „Warst du schon mal auf einem Würzburger Handwerkermarkt?"

Ich verneine und Jona sieht kurz zu mir herüber. „Hast du Lust, hinzugehen?"

„Mit dir?", rutscht es mir heraus. Ich finde den Gedanken großartig.

„Wenn du magst", erwidert Jona ein bisschen unsicherer, während er in unsere Einfahrt fährt und den Gang herausnimmt.

Mit fällt keine Antwort ein, die meiner Begeisterung für diese Idee gerecht wird, deshalb sage ich nur: „Ja, mag ich." Das klingt zugegebenermaßen nicht besonders überzeugend, zumal mir in diesem Moment die Verabredung mit Bastian einfällt. „Aber um fünf Uhr muss ich wieder zu Hause sein."

Und weil Jona immer noch aussieht, als wäre er sich nicht sicher, ob ich wirklich Lust habe, mich mit ihm zu treffen, umarme ich ihn länger als normalerweise und sage zum Abschied „Ich freu mich schon", auch wenn alles von der Zusage bis zu der innigen Umarmung meinem Vorsatz widerspricht, mich bei Jona zurückzuhalten.

Kapitel 12
Jona

Am Samstagnachmittag sitzen wir schließlich nebeneinander in der Straßenbahn und ich bin, um ehrlich zu sein, immer noch ein bisschen aufgeregt. Das hat schon gestern Abend angefangen, nachdem wir uns verabredet hatten. Denn ich habe Marie sehr gerne, das ist klar, ich habe sie wohl sogar mehr als gerne und möchte, dass dieser Nachmittag einfach schön wird.

Doch trotz meiner Aufregung ist mir die Situation nicht unangenehm. Kaum haben wir angefangen, miteinander zu reden, überschwemmt ein Wohlgefühl jede andere Regung in mir.

So erzähle ich Marie von meinen Brüdern Paul und Michael und wie sie meiner Mutter heute Morgen einen Riesenschrecken eingejagt haben, indem sie sich im Schrank versteckt haben, gewartet haben, bis Mama im Zimmer stand, und sich dann mit Gebrüll auf sie gestürzt haben.

„Du hättest den Schrei meiner Mutter hören sollen – spätestens danach waren alle im Haus auch wirklich wach. Allerdings konnte sie selbst den Streich erst eine ganze Weile später lustig finden, was natürlich Michis und Pauls Freude nur wenig Abbruch getan hat." Ich grinse beim Gedanken an ihre strahlenden Gesichter und auch Marie lächelt.

„Sag mal, wieso sind die beiden eigentlich bei

euch?", fragt sie dann. Eigentlich mag ich es nicht besonders, darüber zu sprechen, denn ich verstehe das selbst kaum.

„Ihre Mutter wollte sie wohl nicht mehr", erkläre ich und höre mich dabei gleich ziemlich kühl an. Denn auch wenn ich ihre Mutter nicht verurteilen möchte, kann ich kaum anders. „Sie hat die beiden einfach weggegeben. Kannst du dir das vorstellen?" Marie sieht mich an und schüttelt dann den Kopf.

„Ich auch nicht", sage ich. „Wieso bekommt man denn Kinder, wenn man sie nach ein, zwei Jahren einfach weggibt, sie im Stich lässt? Kinder sind doch absolut genial! Ich bin wirklich froh, dass meine Eltern sie zu sich genommen haben. Das ist zwar nur ein Tropfen auf den heißen Stein, wenn man sich die Kinderheime ansieht, aber wenigstens etwas … Ich könnte mir auch vorstellen, irgendwann Pflegekinder aufzunehmen. Natürlich möchte ich auch ein paar eigene Kinder, aber so an sich fände ich das, glaube ich, total schön. Wie siehst du das?" Erst, als ich wieder aufhöre zu reden, bemerke ich, dass ich Marie ziemlich zugetextet habe. Inzwischen sind wir aus der Straßenbahn ausgestiegen und gehen die Domstraße entlang zur Alten Mainbrücke.

„Ach", sie zögert, „ich möchte schon irgendwann Kinder. Aber jetzt habe ich erst einmal noch zwei Jahre bis zum Abitur und dann kommt das Studium und das alles. So weit kann ich einfach noch nicht denken." Noch während sie antwortet, denke ich mir, dass sie bestimmt einmal eine gute Mutter wird – allein wenn ich mich daran erinnere, wie sie Michi gerettet hat. Und die Kinder, mit denen ich sie mir vorstelle, sind unsere Kinder. Doch bei diesem Gedanken würde ich mich am liebsten kräftig durchschütteln – ich sollte so was nicht denken.

„Hast du denn auch Namen für deine Kinder, wenn

du dir schon so viele Gedanken machst?", fragt Marie und grinst mich an. Macht sie sich etwa über mich lustig?

„Klar", antworte ich trotzdem, „Johanna für ein Mädchen."

„Johanna? Das ist ein schöner Name. Aber Johanna heißen so viele Leute. Mir gefallen ausgefallenere Namen besser. Tristan zum Beispiel."

Ich verziehe das Gesicht. „Tristan? Aber das willst du einem Kind doch nicht wirklich antun, oder? Ich meine, ‚der Traurige', das ist schon ziemlich fies." Ich sehe sie gespielt empört an. „Was hältst du von Elijah?" Ich beiße mir auf die Zunge. Dieses gemeinsame Geplane der Namen unserer – ihrer und meiner – Kinder ist nun wirklich nicht angebracht.

Ein wenig später drängen wir uns gemeinsam mit der Masse über die Alte Mainbrücke, die an den Seiten von kleinen Ständen gesäumt wird. Es gibt Keramik, Holzarbeiten, Bilder und allerlei Krimskrams; nichts, was man unbedingt braucht, aber es ist trotzdem schön anzusehen.

„Oh, schau mal, Hüte!", ruft Marie plötzlich, greift mich am Arm und zieht mich auf die andere Seite der Brücke zu einem Stand, der in der Tat voller Hüte ist: von Jägerhüten mit Gamsbart bis hin zu Damenhüten mit Blümchen und Federn. Ich persönlich stehe nicht so auf Hüte, aber es macht mir Spaß, zu beobachten, wie Marie sich voller Begeisterung die verschiedensten Modelle ansieht.

„Der ist klasse", verkündet sie schließlich und hält einen marineblauen Herrenhut mit weißem Band in die Luft.

„Setz ihn mal auf", fordert sie und ich schüttle lächelnd den Kopf, während ich ihr den Hut aus der Hand nehme.

„Und dazu einen Matrosenanzug, oder was? Nein, ich glaube, der steht mir nicht. Aber dir sicher total." Bevor sie etwas erwidern kann, ziehe ich ihr den Hut auf die Locken. Als er gut sitzt, lege ich meine Hände auf ihre Schultern und betrachte sie. Nur interessiere ich mich plötzlich gar nicht mehr für den Hut und ob er ihr nun steht oder nicht, sondern nur noch für ihre Augen. Ihre wunderschönen, dunkelblauen Augen, die so weit und tief und offen wie das Meer sind. Ich nehme nichts mehr um uns herum wahr, weder die Menschen noch sonst irgendwas. Stattdessen gleitet mein Blick über ihre Nase hinab zu ihren Lippen, und bevor sich mein Verstand zu Wort melden kann, tue ich das Einzige, was ich in diesem Moment möchte: Ich ziehe ihr den Hut von den Haaren, beuge mich zu ihr herunter und küsse diesen weichen, süßen Mund. In meinem Bauch kribbelt es wie verrückt und mein Herz hämmert in meiner Brust.

Doch der Zauber hält nicht lange, denn schon löst sich Marie von mir und sieht mich erschrocken an. Erst jetzt realisiere ich, was ich da eigentlich getan habe.

„Das geht mir alles zu schnell", sagt Marie durch das Rauschen in meinen Ohren hindurch. Dann nimmt sie mir den Hut aus der Hand und legt ihn hastig zurück.

Zögernd setzen wir uns wieder in Bewegung, zurück in Richtung Straßenbahnstation. Ich kann Marie gar nicht ansehen, so sehr schäme ich mich für das, was ich da gerade getan habe. Wie konnte ich sie nur so überfallen?

„Hey, habe ich dir schon davon erzählt, dass wir in Kunst mit Fotografie begonnen haben?", durchbricht

Marie schließlich das unangenehme Schweigen zwischen uns.

„Nein", gebe ich zurück. „Magst du Fotografie?" Sie bejaht.

„Wir machen Malerei", sage ich und sie lässt ein „Aha" hören. Dann verfallen wir wieder in Schweigen, bis ich sage, dass wir schon bald unsere erste Klausur schreiben, und sie meint, dass es bei ihr so ähnlich aussieht. Aber ein echtes Gespräch entwickelt sich nicht mehr, egal wie oft einer von uns ein Thema anschneidet. Am liebsten würde ich die Zeit zurückdrehen und verhindern, dass ich so einen unüberlegten Mist mache.

Als ich mich schließlich von ihr verabschiede, hebe ich nur die Hand und bleibe auf Distanz, weil ich mich nicht traue, sie zu umarmen. Sie tut es mir gleich und lächelt ein wenig unsicher.

Kapitel 13
Marie

Ich hasse es. Ich hasse es, dass ich auf dem Handwerkermarkt so sehr die Zeit vergessen habe, dass ich Bastian einfach versetzt habe, was gar nicht meine Art ist. Ich hasse es, dass ich diese Situation vorhin auf dem Markt so provoziert habe. Und am allermeisten hasse ich es, dass ich es bereue, Jona nicht einfach zurückgeküsst zu haben.

Jetzt sitze ich mit Weltuntergangsstimmung in meinem Zimmer, das von Minute zu Minute enger zu werden scheint, und fühle noch immer seine warmen Lippen auf den meinen. Was denkt der sich denn überhaupt dabei, mich einfach so zu küssen? Er, der keusche Pfarrerssohn, der uns noch vor ein paar Wochen gepredigt hat, dass solche Nähe in einen geschützten Rahmen gehört. Wenn das ein geschützter Rahmen ist, dann fühlt er sich alles andere als sicher an. Ich weiß überhaupt nicht, woran ich bin.

Das Buch, das ich mir in dem kleinen Buchladen gekauft habe, liegt auf meinem Nachtkästchen und ich versuche, mich dadurch abzulenken, dass ich ein paar Seiten darin lese. Aber das klappt nicht, weil ich ständig daran denken muss, dass das der Tag war, an dem ich Jona zum ersten Mal begegnet bin.

Also werfe ich das Buch ungehalten neben mich auf das Bett. Es verfehlt um Haaresbreite meinen Kater

Romeo, der hochschreckt und mich schlaftrunken ansieht. Ich kraule ihn beruhigend im Nacken und er schmiegt sich sofort wie von Sinnen an meine Hand. „Ja, für dich ist das alles ganz einfach." Und für mich war es das auch, bis ich Jona kennengelernt habe. Wenn Bastian mich geküsst hätte, kein Problem. Bei Jungen wie ihm läuft das eben so. Man geht gemeinsam aus, man küsst sich, man ist offiziell zusammen. Aber Christen, dachte ich immer, lernen sich erst einmal ein halbes Jahr lang kennen, machen sich dann monatelang gegenseitig Hoffnungen und brauchen anschließend noch mindestens ein weiteres Jahr, um zusammenzukommen, woraufhin sie auch sofort heiraten. Und Jona küsst mich einfach so.

„Gott, was soll ich denn jetzt machen?"

Romeo hält inne und sieht mich an, weil er sich von meinem unvermittelten Ausruf angesprochen fühlt. Ich tätschle ihm den Kopf und kuschle mich neben ihm in mein Kopfkissen, um zu beten. Ich habe das Gefühl, diese ganze Sache ist völlig aus den Fugen geraten.

Am Sonntag ist mir spätestens klar, dass es einige Dinge gibt, die ich dringend klären muss. Dazu gehört leider nicht nur ein Gespräch mit Bastian, sondern auch eines mit Jona. Und davor fürchte ich mich noch viel mehr, weil ich weiß, dass ich ihm endlich reinen Wein einschenken muss, wenn ich ihm eine Chance geben will. Das Problem ist nur, dass er, wenn er erst einmal alles weiß, *mir* vermutlich keine mehr wird geben wollen.

Es kostet mich große Überwindung, seine Nummer im Telefonbuch nachzuschlagen und ihn anzurufen. Zu allem Unglück ist es Sarah, die abhebt.

„Marie?", fragt sie überrascht, als ich mich melde. Am liebsten hätte ich ihr gar nicht gesagt, wer dran ist, sondern einfach nur nach Jona gefragt. „Ist irgendwas passiert? Kann ich dir helfen?"

„Nein, nein", winke ich ab. „Nichts ist passiert." Das ist eine Lüge. „Kann ich mit Jona sprechen?"

Ich kann es mir bildlich vorstellen, wie sie überrascht die Augenbrauen hochzieht. „Jona? Natürlich kannst du mit ihm sprechen." Sie ruft nach ihm und kurz darauf höre ich seine Stimme. Er fragt, was sie wolle, und sie fragt zurück, ob sie irgendetwas verpasst habe. Dann meldet er sich.

Ich brauche ein wenig, bis ich meine Stimme wiedergefunden habe. „Hallo Jona. Hier ist Marie."

Er räuspert sich. „Hey."

„Ich wollte mit dir reden, wegen gestern." Weil er nichts erwidert, rede ich einfach weiter. „Hör mal, ich wollte das gestern nicht ruinieren. Ich wollte dich nicht abweisen oder so. Es liegt ja nicht daran, dass ich nichts für dich empfinden würde, weißt du?"

„Nein?"

Ich will nicht, dass er zu erleichtert ist, denn immerhin habe ich ihn nicht angerufen, um ihm meine Gefühle zu gestehen.

„Nein, ganz bestimmt nicht. Aber Jona, ich muss dir ein paar Dinge sagen und ich fürchte –"

„Marie, ich muss dir auch einiges sagen. Aber ich stehe hier mitten im Flur und meine Schwester verfolgt bestimmt jedes Wort, das ich sage." Er lacht nervös auf. „Können wir uns treffen?"

„Jetzt?", frage ich und sofort ist mir unbehaglich zumute. Ich will Jona bei dem, was ich ihm sagen will, nicht in die Augen sehen müssen.

„Nein, nicht jetzt. Wir gehen gleich noch weg. Wie wäre es am Dienstag nach der Schule?"

Also verabreden wir uns vor dem Haupteingang. Mir bleibt folglich genau ein Tag, der Montag, um die Sache mit Bastian zu klären. Und dabei habe ich das Gefühl, dass ich das auch dann nicht schaffen könnte, wenn ich einen ganzen Monat Zeit dafür hätte.

Wahrscheinlich ist es gut, dass Bastian mir am Montagmorgen vor der ersten Stunde auflauert, denn sonst hätte ich vielleicht gar nicht den Mut aufgebracht, mit ihm zu sprechen.

„Entschuldige, dass ich unsere Verabredung vergessen habe", falle ich gleich mit der Tür ins Haus, ehe er mir einen Vorwurf machen kann.

Sein Gesichtsausdruck ist total kühl. „Schon okay." Wie er so vor mir steht, die Hände in den Hosentaschen vergraben und ziemlich wortkarg, kommt mir der Gedanke, dass er bestimmt noch nie zuvor versetzt worden ist und dass auch kein anderes Mädchen auf die Idee kommen würde, das zu tun. Wenn Jona nicht wäre, dann wäre es auch bei mir nie so weit gekommen.

„Nein, es ist nicht okay", setze ich nochmal an. „Es war rücksichtslos von mir –"

„Schon okay", unterbricht mich Bastian. „Du kannst es wiedergutmachen." Er versucht zu lächeln. „Nächsten Samstag. Oder meinetwegen auch schon früher. Ich habe nicht vergessen, dass du mit mir ins Kino gehen wolltest."

„Bastian ..." Ich traue mich nicht, ihn anzusehen. „Das geht nicht."

„Wann denn dann?"

„Gar nicht. Ich will nicht mehr mit dir ausgehen." Jetzt ist es gesagt, doch es sieht nicht so aus, als würde Bastian mich besonders ernst nehmen.

„Magst du lieber etwas anderes machen? Wir müssen nicht ins Kino gehen."

Ich schüttle den Kopf. Mit Bastian habe ich wahrscheinlich mehr gemeinsam als mit Jona, das weiß ich. Jona ist ein unerfahrenes Unschuldslamm und ich sollte nicht einmal im Traum daran denken, eine Beziehung mit ihm einzugehen. Aber selbst wenn Jona nie mehr ein Wort mit mir sprechen sollte, sobald er die ganze Wahrheit kennt, will ich Bastian nicht mehr haben. Dann will ich überhaupt keinen mehr haben, am allerwenigsten einen solchen Frauenhelden wie Bastian.

Kapitel 14
Jona

Als ich Montagnachmittag von der Schule nach Hause komme, gehe ich als Erstes zu meiner Mutter in die Küche, wo ich auch Paul und Michael antreffe. Paul ist gerade dabei, seine Hausaufgaben zu machen – er ist in die erste Klasse gekommen – und Michi malt. Es ist ungewöhnlich, die beiden so brav zu sehen, aber andererseits hätte ich mich auch nicht getraut, etwas anzustellen, während unsere Mutter neben mir sitzt und mich über ihr Nähzeug hinweg mit Argusaugen beobachtet.

Ich begrüße die drei, schenke mir ein Glas Milch ein und lasse mich dann auf den freien Stuhl neben meiner Mutter fallen. Ich mag es, nach der Schule erst einmal einen Moment zur Ruhe zu kommen. Außerdem habe ich mir heute den ganzen Tag Gedanken gemacht, wie das wohl mit Marie und mir weitergehen soll.

„Wie war es heute in der Schule?", fragt mich meine Mutter nach einer Weile und ich erzähle ihr von Deutsch und Bio und davon, wie wenig ich über Letzteres begeistert bin. Mama nickt verständnisvoll und hört sich an, was ich zu sagen habe. Ich rede eigentlich sowieso über viele Dinge mit ihr und halte es für ziemlich unnötig, sie aus meinem Privatleben auszuschließen. Von Marie habe ich ihr bisher trotzdem kaum erzählt, gemessen daran, wie oft sie mir im Kopf herumschwirrt. Meine Mutter weiß nur, dass Marie neu in der Stadt und im Jugendkreis ist, dass ich sie freitags nach Hause fahre, mit ihr auf dem Markt war und sie gerne mag. Allerdings bin ich mir sicher, dass meine Mutter ahnt, wie gerne. Immerhin kennt sie mich seit über achtzehn Jahren. Und natürlich weiß sie, dass Marie Michi gerettet hat.

„Wie sieht es heute bei dir mit Lernen und Hausaufgaben aus?", erkundigt sie sich, als ich das Glas Milch ausgetrunken habe und aufstehe.

„Wieso?", frage ich, anstatt zu antworten.

„Dein Vater kommt gleich nach Hause und wir wollten mit Michi und Paul ins Schwimmbad gehen."

Um ehrlich zu sein habe ich keine Lust, mit ins Schwimmbad zu gehen, und ich weiß, dass ich eigentlich auch keine Zeit dafür habe. Ich muss bis morgen einen Aufsatz zu Ende schreiben. Außerdem kommen mir gleich ein paar Ideen, was ich mit der Zeit allein zu Hause anstellen könnte. Sarah hat heute nämlich bis acht Uhr Vorlesungen.

„Ich muss noch ziemlich viel für die Schule machen", erwidere ich deshalb und schlendere aus der Küche.

Eine gute halbe Stunde später kommt mein Vater zu mir ins Zimmer und tritt hinter mich an den Schreibtisch, an dem ich an meinem Aufsatz arbeite. Viel fehlt mir daran nicht mehr, nur noch die Gliederung und der Schluss.

„Wir gehen dann jetzt", sagt er und legt eine Hand auf meine Schulter. „Kommst du gut voran?" Er nickt in Richtung meiner Unterlagen.

„Na ja", gebe ich zurück und lächle meinen Vater schräg an. Er grinst zurück und wuschelt mir durch die

Haare, bevor er sich verabschiedet. Kurz darauf höre ich, wie die Haustür ins Schloss fällt. Augenblicklich stehe ich auf und gehe runter in den Flur – der Aufsatz wird eine Weile warten müssen, bevor ich ihn zu Ende schreibe.

Den Telefonhörer bereits in der Hand ziehe ich einen kleinen Zettel aus meiner Hosentasche, auf dem Thomas' neue Nummer steht. Es klingelt ein paarmal, dann meldet sich tatsächlich Thomas höchstpersönlich. Ich begrüße ihn.

„Jona?", wundert er sich. „Du rufst mich an?" Er hört sich sicherlich so erstaunt an, weil ich normalerweise sehr selten telefoniere, wenn ich nicht gerade etwas ausmachen möchte. Das liegt daran, dass das Telefon bei uns im Flur steht und ich es nicht mag, wenn mir jeder zuhören kann, auch wenn ich eigentlich nichts zu verheimlichen habe.

„Ja", antworte ich also. „Die anderen sind im Schwimmbad und ich dachte mir, ich könnte dich mal anrufen. Wie geht's dir?"

„Ach, ganz gut. Ich hatte heute eine Einführungsveranstaltung, die war echt klasse. Und wie geht's dir?"

Ich setze zu einer Antwort an, doch Thomas kommt mir zuvor.

„Beziehungsweise was ist los, dass du mich anrufst?"

Ich seufze innerlich, weil Thomas mich natürlich mit Leichtigkeit durchschaut, aber andererseits bin ich ganz froh darüber. So brauche ich wenigstens nicht *rein zufällig* auf das Thema zu kommen.

„Marie ist los", erkläre ich und fange dann an, Thomas von unserem Besuch auf dem Handwerkermarkt zu erzählen, von dem Kuss und schließlich davon, dass sie mich angerufen hat.

„Sie hat sogar gemeint, dass es nicht daran liegt, dass sie nichts für mich empfindet, aber dass sie mir noch einiges zu sagen hat." Ich mache eine Pause und bin mir beinahe sicher, dass sich Thomas am anderen Ende der Leitung gerade durch die Haare fährt. Marie hat tatsächlich gesagt, dass sie etwas für mich empfindet; wenn ich daran denke, habe ich jedesmal das Gefühl, mein Herz springt mir demnächst aus der Brust.

„Hast du irgendeine Ahnung, was das sein könnte?", will er wissen und ich verneine.

„Jedenfalls bin ich unglaublich gespannt auf unser Gespräch. Nur weiß ich ehrlich gesagt nicht, was ich davon zu erwarten habe. Und was ich überhaupt von der ganzen Sache erwarten soll. Immerhin geht das alles echt sehr schnell." Als ich darüber nachdenke, steigt sofort wieder ein Gefühl der Unsicherheit in mir auf.

„Es geht wirklich ziemlich schnell, zumindest unter diesen Umständen", bestätigt Thomas. „Da gibt's doch auch noch diesen Bastian, oder? Christopher hat doch erzählt, dass sie mit ihm ausgeht."

„Ich weiß. Aber … weißt du, ich habe schon total das Gefühl, dass das, was zwischen uns passiert, nicht falsch ist." Zumindest habe ich so empfunden, als ich deshalb gebetet habe. „Wahrscheinlich ist es wirklich so, dass ich erst einmal abwarten muss, bis wir miteinander geredet haben. Aber danke, dass du mir zugehört hast. Das hat echt gutgetan."

„Kein Grund, sich zu bedanken", erwidert Thomas lediglich. „Ich werde für dich beten, ja?" Ich lächle und bedanke mich nochmals bei ihm. Und das meine ich auch so. Thomas ist nicht umsonst mein bester Freund.

Kapitel 15
Marie

Seit einer Dreiviertelstunde gehe ich in der Pausenhalle auf und ab. Ich habe eine Stunde früher Schulschluss als Jona und meine Nerven sind zum Zerreißen gespannt. Es ist halb vier und als es läutet, durchqueren nur wenige Schüler – allesamt aus der Oberstufe – die Halle. Zuerst sehe ich Jona gar nicht, doch dann steht er plötzlich neben mir.

„Hallo, Marie", sagt er und klingt dabei sehr förmlich. Ich versuche mir vorzustellen, ich stünde vor seiner Haustür und wollte ihm einen Staubsauger verkaufen, denn dann wäre sein freundlich distanziertes Lächeln angemessen gewesen und nicht verunsichernd.

„Hey." Meine Stimme klingt irgendwie viel zu hoch. „Wollen wir raus hier?" Das ist nichts, was man im Eingangsbereich der Schule klären sollte, finde ich.

Wir entschließen uns zu einem Spaziergang nach Hause, womit ich rund zwanzig Minuten habe, um alles zu sagen, was ich mir vorgenommen habe. Aber ich finde einfach keinen geeigneten Einstieg. Wenn ich Jona anschaue, der neben mir auf den Boden starrt, fehlen mir die Worte. Mir ist nie zuvor aufgefallen, wie verletzlich er trotz seiner selbstbewussten und offenen Art wirkt.

„Wie war dein Tag?", frage ich, weil das Schweigen unangenehm wird.

„Ganz okay."

„Was hattest du denn um diese Zeit noch?"

„Religion", erwidert er knapp. Als ich nachhake, erzählt er, dass sie mit der Besprechung der christlichen Ethik begonnen haben. Sarkastisch denke ich mir im Stillen, dass das jetzt ein guter Aufhänger wäre. „Du, Jona, apropos Moral, ich wollte dir noch sagen, dass mir meine laut deiner Definition abhandengekommen ist."

Aber das sage ich natürlich nicht, sondern nicke nur stumm wie ein Fisch.

„Marie, wollten wir nicht eigentlich über etwas ganz anderes sprechen?" Das Thema anzuschneiden kostet ihn genauso viel Überwindung wie mich. Fast so, als würde er ahnen, dass das, was ich ihm sagen will, nichts Angenehmes ist.

„Jaah", meine ich gedehnt und laufe ein bisschen langsamer.

„Ich wollte dich mit diesem Kuss nicht überrumpeln", entschuldigt Jona sich nun auch noch und bringt damit alles noch viel mehr durcheinander. Bereut er es, mich geküsst zu haben?

„Hast du nicht", sage ich schnell und korrigiere mich sofort: „Okay, hast du doch. Das war alles ein wenig schwierig, weil es nicht fair gewesen wäre, dich zu küssen, solange Bastian sich Hoffnungen macht. Ich hatte an diesem Abend eine Verabredung mit ihm."

„Oh." Jona sieht zwar nicht erstaunt, dafür aber wie ein getretener Hund aus. Ich wünschte, ich könnte ihm etwas anderes sagen. „Wie … wie ist es gelaufen?"

„Ich bin nicht hingegangen." Ich würde ihn gerne berühren, ihm die Hand auf die Schulter legen oder so. Ob er mich zum Abschied umarmen wird, wenn wir bei mir zu Hause angekommen sind? Vielleicht sollte ich ihm den Rest fürs Erste nicht sagen, damit er es tut. „Es ist nicht meine Art, zweigleisig zu fahren, nur damit du es weißt", setze ich an. „Ich habe die Sache mit Bastian geklärt."

In Jonas Augen flammt eine Hoffnung auf, für die man nicht nur unschuldig wie ein Lamm, sondern auch ein bisschen naiv sein muss. Er stellt sich das alles so einfach vor. „Dann ist ja alles gut", sagt er wie zur Bekräftigung meiner These.

„Nein." Ich vergrabe die Hände in den Hosentaschen und weiß nicht recht, wo ich anfangen soll. „Das ist nicht alles. Weißt du noch, deine Andacht an dem Abend, an dem ich zum ersten Mal im Jugendkreis war?"

Er zögert, erstaunt über den plötzlichen Themenwechsel, und nickt schließlich.

„So wie du da geredet hast, habe ich mich gefragt, ob du schon mal eine Freundin hattest."

„Hatte ich", antwortet Jona und ohne dass ich ihn direkt danach gefragt hätte, ergänzt er: „Aber es war nichts sehr Ernstes."

„Ich hatte schon zwei Beziehungen." Diese Information nimmt er ziemlich gut auf. Er lächelt und zuckt mit den Schultern.

„Wie alt wart ihr?", frage ich diplomatisch weiter.

„Fünfzehn", sagt Jona und ich werde ganz direkt: „Habt ihr euch geküsst?"

Er wird rot und wenn meine Situation nicht so schrecklich wäre, hätte ich das unglaublich niedlich und liebenswert gefunden. „Ja, haben wir."

„Und habt ihr miteinander geschlafen?"

Wenn ich ihn anschauen würde, würde ich vermutlich feststellen, dass er noch röter geworden ist. „Natürlich nicht", sagt er und das klingt fast schon ein bisschen empört.

„Siehst du, und das ist der Unterschied." Jetzt ist es

raus und ich warte, bis Jona eins und eins zusammengezählt hat. Er sagt überhaupt nichts mehr und ich habe genug Zeit, mich wie der letzte Idiot zu fühlen. Warum erzähle ich ihm das? Theoretisch hätte er es nie erfahren müssen.

Wir laufen weiter nebeneinander her, kommen an ein, zwei, drei Häusern vorbei und keiner sagt ein Wort.

„Hat es dir jetzt die Sprache verschlagen?", frage ich, was möglichst locker klingen soll.

„Ein bisschen", gibt Jona zu. Mehr wird er dazu auch nicht sagen müssen, denn ein paar Meter weiter sehe ich schon unser Haus. Ich bin überrascht, als er fragt: „Bereust du es?"

Er hat keine Ahnung, in welchen Zwiespalt er mich damit bringt. Ich hatte damals nicht das Gefühl, falsch zu handeln. Es waren ja keine One-Night-Stands oder so, sondern Beziehungen, die mir sehr ernst waren. Aber andererseits fand ich Jonas Argumentation in seiner Andacht auch logisch und vielleicht ist es wirklich nicht schlecht, bis zur Ehe zu warten. Jedenfalls gesteht das Warten dieser besonderen Nähe einen sehr großen Wert zu. Warum also riskieren, mit einer übereilten Entscheidung gegen Gottes Willen zu verstoßen, falls Jona recht hat und Sex vor der Ehe wirklich Sünde ist? Jona sieht mich erwartungsvoll an und ich kann meine Antwort nicht mehr länger hinauszögern. „Ich weiß nicht ...", setze ich an und sehe zu Boden. Natürlich will ich Gottes Gebote halten und ich habe ihn ja auch gebeten, mir zu zeigen, ob das alles wirklich ein Fehler war. Und immerhin habe ich mich jetzt in Jona verliebt und er legt großen Wert darauf, bis zur Ehe zu warten. Ich wünschte, ich könnte ihm sagen, dass ich das genauso sehe, und deshalb auch gewartet habe, auf jemanden wie ihn. Dass es vor ihm niemanden gab.

Deswegen sage ich leise: „Doch."

Jona sieht schrecklich erleichtert aus. Mittlerweile sind wir an unserem Gartentor angekommen und müssen uns einander zuwenden. „Dann –"

Ich falle ihm ins Wort: „Du musst jetzt nichts dazu sagen."

„Ich will aber", sagt Jona und sieht mich an, als sähe er mich gerade zum ersten Mal. „Ich hab damit nicht gerechnet. Aber ich mag dich, Marie, und daran ändert –"

„Sag es nicht." Am liebsten würde ich ihm den Mund zuhalten. „Ich weiß, dass du schockiert bist. Denk drüber nach, bevor du irgendetwas dazu sagst." Mir geht das Hohelied der Liebe aus dem Korintherbrief durch den Kopf, das ich nach Jonas Andacht im Jugendkreis gelesen habe. Da heißt es, die Liebe sei geduldig. Und jetzt ist der beste Augenblick, sich das zu Herzen zu nehmen.

„Ich weiß, was ich sagen will."

„Überleg es dir nochmal. Ich will nicht, dass du es nachher bereust, so verständnisvoll gewesen zu sein." Ich könnte es nicht ertragen, wenn er mir jetzt Hoffnungen machen und dann feststellen würde, dass er es doch zu entsetzlich findet, dass ich keine Jungfrau mehr bin. Er kann mich nur so haben, wie ich bin, und nach seiner Andacht zu diesem Thema kann ich mir nicht vorstellen, dass er so einfach darüber hinwegsehen kann. „Wir sehen uns am Freitag."

Und weil er immer noch dasteht wie eine Salzsäule, umarme ich ihn flüchtig und verschwinde dann im Treppenhaus, wo ich mich an die Wand lehne und erst einmal tief durchatme.

Kapitel 16
Jona

Die Tage bis Freitag waren beinahe unerträglich. Marie hat mich in den Pausen gemieden und ich habe nicht nach ihr gesucht, auch wenn ich zugeben muss, dass ich immer wieder nach ihr Ausschau gehalten habe, während sich die Gedanken in meinem Kopf überschlagen haben. Und jetzt stehe ich mit Thomas in der Küche gegenüber unseres Jugendraums und versuche ihm seit sicherlich über einer Viertelstunde zu erklären, was vorgefallen ist. Thomas hört mir dabei ruhig zu.

Ich habe mir natürlich überlegt, ob ich ihm wirklich erzählen kann, worüber Marie und ich am Dienstag geredet haben, beziehungsweise, was sie mir gebeichtet hat, aber er ist mein bester Freund und ich habe das Gefühl, wirklich mit jemandem außer Gott darüber reden zu müssen. Meine Eltern oder gar Aaron scheiden da aus; ich möchte Marie in kein schlechtes Licht rücken. Bei Thomas kann ich mir sicher sein, dass er sie mag und wegen dem, was sie gemacht hat, auch nicht weniger mögen wird.

Er hat dann aber doch ein bisschen überrascht ausgesehen, als ich ihm unser Gespräch geschildert habe. Das kann ich ihm auch nicht verübeln, schließlich war ich selbst ziemlich schockiert. Ich habe zwar kaum damit rechnen können, dass Marie noch nie einen Freund hatte, aber Sex … das ist eine so große Sache.

Ich habe tatsächlich bis heute auf Maries Rat gehört und mir noch einmal durch den Kopf gehen lassen, ob ich mit ihr zusammen sein will, ob ich damit umgehen kann, dass sie keine Jungfrau mehr ist. Und es gab sicherlich auch Momente, in denen ich mir gedacht habe, dass ich definitiv ein Problem damit habe, aber ich bin trotzdem immer klarer zu der Einsicht gekommen, dass es nichts ändert. Immerhin hat sie gesagt, dass sie es bereut, und wie könnte ich ihr nicht verzeihen, wenn es Gott doch wohl getan hat? Sie hat ihren Fehler eingesehen und ich möchte ihn ihr nicht nachtragen. Ich bin doch selbst nicht perfekt.

„Außerdem hat es sie wirklich Überwindung gekostet, mir zu erzählen, was passiert ist und wieso sie sich Gedanken macht", sage ich zu Thomas. „Verstehst du, was ich meine? Sie war wirklich ehrlich zu mir, obwohl es ihr unangenehm war, und ich denke, das ist doch ein ziemlicher Vertrauensbeweis – und noch dazu eine tolle Eigenschaft." Ich sehe Thomas an, der kurz überlegt. Dann nickt er.

„Ehrlich ist sie jedenfalls wirklich", bestätigt er. „Außerdem kann man in unserer Gesellschaft leider kaum erwarten, dass jemand bis zur Ehe enthaltsam ist. Aber ich weiß trotzdem nicht, ob das nicht alles zu schnell geht. Obwohl du gesagt hast, dass du das Gefühl hast, Gott habe –" Ich unterbreche ihn.

„Dieses Gefühl habe ich ganz sicher."

Ein paar Minuten später sitzen wir in unserem Jugendraum und ich warte sehnsüchtig darauf, dass Marie kommt. Aber ich warte vergeblich; Christopher und

Lena kommen ohne sie und gegen halb neun beginnt Aaron seine Andacht, ohne dass Marie noch erschienen wäre.

An diesem Abend bekomme ich kaum mit, worum es in der Andacht geht. Ich versuche zwar die ersten zwei, drei Minuten, Aaron zu folgen, aber ich kann es einfach nicht. Die Frage, wieso Marie mich versetzt hat, hämmert in meinem Kopf. Hat sie es sich am Ende vielleicht anders überlegt? Oder trifft sie sich mit Bastian, obwohl sie doch eigentlich gesagt hat, sie habe sich für mich entschieden?

Doch dann geht die Tür auf und Marie kommt herein. Sie lächelt entschuldigend in die Runde und mir fällt sofort auf, dass sie trotz ihrer geröteten Wangen bleich aussieht und sichtlich erleichtert wirkt, als sie sich auf einen der Sitzsäcke fallen lässt. Am liebsten würde ich mich sofort zu ihr setzen.

Aus den Augenwinkeln sehe ich, dass auch Thomas Marie fixiert. Vielleicht war es doch ein Fehler, mit ihm zu sprechen. Schließlich weiß ich, dass er genau wie ich und eigentlich auch der Rest des Jugendkreises der Überzeugung ist, dass Sex vor der Ehe nicht in Gottes Sinn ist.

Maries Anwesenheit hilft mir nicht wirklich mich besser auf die Andacht zu konzentrieren; ich bekomme lediglich mit, dass Aaron immer wieder von Liebe redet. Liebe … ich betrachte Maries Profil und frage mich, wie es wohl mit uns weitergehen wird. Es ist aber keine leise Frage, sie ist vielmehr drängend und laut. So laut, dass ich das Gefühl habe, mein Trommelfell steht kurz vor dem Zerplatzen.

„Jonathan Liebknecht!", höre ich plötzlich Thomas' gespielt empörte Stimme, die etwas zu laut für ein Raunen oder Flüstern ist. „Du passt überhaupt nicht auf!"

„Ich …" erwidere ich, doch dann stehe ich kurzent-schlossen auf. Nach Thomas' Satz hat sowieso schon jeder mitbekommen, dass etwas nicht stimmt, und ich halte es auch gar nicht mehr aus. Mit drei Schritten bin ich bei Marie, nehme ihre Hand und zerre sie kurz-entschlossen aus dem Raum. Als ich die Tür von au-ßen schließe, sieht sie mich erschrocken an.

„Tut mir leid", sage ich schnell, als mir bewusst wird, was ich da eben getan habe. „Aber ich konnte nicht einfach herumsitzen und nichts machen."

„Schon okay." Marie lehnt sich gegen die Wand und mir fällt wieder auf, wie blass sie ist.

„Hey, was ist los? Geht's dir nicht gut?", frage ich und nehme ihre kühle Hand.

„Es geht schon. Mir ist nur ein bisschen schwindlig. Deswegen war ich auch zu spät."

„Wieso bist du denn dann überhaupt gekommen, wenn du krank bist? Du solltest dich hinlegen." Sorge macht sich in mir breit und ich sehe Marie skeptisch an.

„Ich wollte dich sehen", erklärt sie schlicht. „Und es geht wirklich. Kein Grund, dir Gedanken zu machen."

Ich nicke und bemerke, dass ich immer noch ihre Hand in der meinen halte. Aber das fühlt sich viel zu gut an, als dass ich sie loslassen wollte. Stattdessen streichle ich mit dem Daumen über ihre weiche Haut, während ich versuche, die Worte, die ich mir in den letzten Tagen immer und immer wieder zurechtgelegt habe, auf die Reihe zu bringen.

„Ich habe nachgedacht", sage ich und schaffe es nur mit Mühe, ihr in die Augen zu schauen. „Aber meine Meinung über dich hat sich nicht geändert." Ich hatte mir viel mehr überlegt, eine halbe Argumentation und alles, aber jetzt erscheint mir das plötzlich viel zu viel.

„Wirklich?", fragt Marie und ich nicke.

„Ich hab mich in dich verliebt, Marie. Und du hast vielleicht in deiner Vergangenheit Fehler gemacht, aber du bereust sie. Sie machen dich nicht zu einem schlechteren Menschen." Meine freie Hand wandert zu ihrer Wange. Dann küsst sie mich und mein Herz zerspringt beinahe, so glücklich bin ich in diesem Moment.

Knapp eine Stunde später öffne ich wieder die Tür zum Jugendraum, diesmal aber alleine. Marie und ich haben noch kurz geredet, dann hat meine Sorge um sie endgültig die Oberhand gewonnen, besonders nachdem mir aufgefallen ist, wie unsicher sie auf den Beinen war. Also habe ich beschlossen, sie nach Hause zu fahren, was sie auch fast widerstandslos zugelassen hat. An der Haustür haben wir uns dann noch eine ganze Weile im Arm gehalten und erst auf der Rückfahrt ist mir richtig bewusst geworden, dass das hier wohl der Beginn von etwas Großem gewesen ist.

„Da bist du ja!", ruft Thomas, als er mich entdeckt. Er sitzt mit Aaron, meiner Schwester und Ida zusammen. Die drei mustern mich argwöhnisch.

„Ja", gebe ich zurück. „Ich habe Marie nach Hause gefahren. Ihr ging es nicht gut." Damit setze ich mich neben Thomas. Ich finde nicht, dass ich allen hier jetzt sofort erklären muss, dass ich mit Marie zusammen bin. Sarah wird es sicher bald erfahren, Thomas kann es mir wahrscheinlich sowieso vom Gesicht ablesen und die anderen werden es noch früh genug mitbekommen.

Kapitel 17
Marie

Sogar meine Mutter merkt mir an, dass ich wie auf Wolken schwebe. „Warum so fröhlich?", fragt sie am Montagmorgen misstrauisch, als sie mich um sieben Uhr schon in der Küche antrifft, wo ich gerade meine leere Kaffeetasse in die Spüle stelle. Ich bin zwar ein wenig erkältet, was die Kreislaufprobleme von Freitagabend erklärt, pfeife aber schon seit dem Aufstehen ununterbrochen ein Lobpreislied und würde am liebsten die ganze Welt umarmen.

„Physik fällt aus", rede ich mich heraus. Es ist nicht der richtige Zeitpunkt, um meiner Mutter von Jona zu erzählen. Ich kann mir zwar nicht vorstellen, dass jemand Jona nicht mögen könnte, aber ich weiß auch, dass sie eine generelle Abneigung gegenüber Jungen verspürt, die an mir interessiert sind.

Deshalb organisiere ich es auch so, dass Jona erst am späten Mittwochnachmittag zu mir kommt, als meine Mutter gerade auf der Arbeit ist.

Dass er sich darauf eingestellt hat, meine Mutter kennenzulernen, erkenne ich an der Schachtel Pralinen, die nicht so aussieht, als wäre sie für mich bestimmt.

„Heute hat sie Spätschicht", erkläre ich Jona, während ich ihn in mein Zimmer bugsiere. „Ich mache euch ein andermal miteinander bekannt."

So enttäuscht wie Jona wirkt, hätte ich ihm das vielleicht vorher sagen sollen. „Bist du ihretwegen gekommen oder meinetwegen?", frage ich ihn frech und schenke ihm mein allerliebstes Lächeln. Ich habe mich so auf diesen Abend gefreut. Immerhin haben wir uns seit einem gemeinsamen Spaziergang am Sonntag nur in der Schule gesehen.

„Deinetwegen." Jona lächelt und küsst mich auf die Nasenspitze. „Aber ich kann es kaum erwarten, dich meiner Familie vorzustellen, und möchte genauso gerne deine kennenlernen." Er legt den Kopf schief und in seinen grünbraunen Augen liegt wieder dieser vollkommen unschuldige Dackelblick. Ich kenne Leute, die gut vorgeben können, unschuldig zu sein, aber neben Jona fliegen sie alle als schlechte Schauspieler auf. Es muss daran liegen, dass er nicht nur so tut als ob.

„Das will ich ja auch", lenke ich ein. „Aber jetzt machen wir uns trotzdem einen schönen Abend, ja?"

Jona scheint seine Enttäuschung schon wieder vergessen zu haben. Wir beschließen, es uns auf dem Sofa gemütlich zu machen und uns gemeinsam einen Film anzusehen. In der Küche krame ich die alte Popcornmaschine heraus, bei der die Verschlussklappe fehlt. Wir haben einen unheimlichen Spaß dabei, die verirrt herumfliegenden Popcornstücke einzufangen und Romeo dabei zuzusehen, wie er verschreckt unter einem Küchenstuhl in Deckung geht, nur um gelegentlich hervorzuschnellen und Jagd auf ein Maiskorn zu machen. Als wir fertig sind, habe ich Bauchschmerzen vor lauter Lachen.

„Salz oder Zucker?", frage ich atemlos und strecke mich hinauf zu den oberen Fächern des Küchenschränkchens.

Jona zupft mir ein Stück Popcorn aus den Haaren, überlegt und meint dann: „Schokolade."

„Schokolade?" Ich muss schon wieder kichern, aber Jona scheint das ernst zu meinen. Er lässt sich von mir eine Tafel Vollmilchschokolade bringen und schmilzt sie in einem Topf, um sie dann über das mittlerweile abgekühlte Popcorn zu kippen.

„Und das soll schmecken?", frage ich skeptisch, während ich den Fernseher einschalte und die Jalousien zuziehe.

Jona wartet schon auf dem Sofa auf mich und steckt mir, kaum dass ich neben ihm sitze, ein schokoladentriefendes Stück Popcorn in den Mund. Es schmeckt wirklich gut, aber noch besser schmeckt die Schokolade auf seinen Fingern.

Wir verpassen den Vorspann und den Anfang des Films, weil wir damit beschäftigt sind, uns gegenseitig mit Schokoladenpopcorn zu füttern und dann – als die Schüssel leer ist – schokoladige Küsse auszutauschen.

Später kuschle ich mich an Jonas Schulter und versuche, dem Rest des Films zu folgen, aber meine Gedanken sind ganz anderswo. Ich kann es gar nicht glauben, dass ich Jona so nahe sein darf. Es fühlt sich so richtig an, so als wäre er das Ziel einer langen Reise gewesen, von der ich nicht einmal wusste, dass ich sie unternommen hatte.

„Du siehst nachdenklich aus", sage ich und betrachte aus den Augenwinkeln Jonas Gesicht.

Ein Lächeln schleicht sich in seine Mundwinkel. „Ich versuche ja auch, mich auf den Film zu konzentrieren."

„Und?", frage ich. „Klappt es?" Bei mir nämlich nicht.

Nun sieht er doch zu mir und seine Augen werden ganz weich. „Nicht wirklich." Liebevoll zieht er mich noch ein wenig näher zu sich. Am liebsten würde ich auf seinen Schoß klettern.

Wir sehen uns an und die Luft zwischen uns scheint zu flirren. Wenn er mich jetzt küssen würde, würde ich ohnmächtig, ganz bestimmt.

Ich breche den Blickkontakt ab, als mir bewusst wird, wie aufgeladen die Atmosphäre plötzlich ist. „Trägst du deine Haare eigentlich nie offen?", frage ich unvermittelt und viel zu hastig. Die Stimmung ist hinüber und Jona sieht ein bisschen verwirrt aus. „Na ja, den Pferdeschwanz, meine ich. Trägst du den immer?" Ich greife nach seinem Haargummi und ziehe es ihm heraus, sodass Jona das lange, hellblonde Haar ins Gesicht fällt. „Wow", meine ich dann und verberge meine Überraschung hinter einem Grinsen. Jona sieht mit offenen Haaren richtig verwegen aus. Aber das sage ich ihm natürlich nicht.

„Meistens stören mich meine Haare nur, wenn sie offen sind", antwortet Jona nach einer Weile endlich auf meine Frage. Er streicht einige Strähnen zurück. „Weißt du eigentlich, was die Bibel zu langem Haar sagt?"

„Nein." Neben uns läuft der Fernseher unbeachtet weiter. „Was sagt die Bibel zu langen Haaren?"

Jona lächelt mich an. „Dass sie bei Frauen eine Zier und bei Männern eine Schande sind." Es sieht nicht danach aus, als würde ihn das verunsichern. „Aber ich schätze, das ist eine Frage der jeweiligen Gesellschaft. Und Jesus wird ja selbst immer langhaarig dargestellt. So ganz verstehe ich das nicht."

„Also, mir gefällt es", meine ich nur und fahre mit den Fingern durch die blonden Strähnen. Und sofort ist das Knistern zwischen uns wieder da, ohne dass ich irgendetwas dagegen tun könnte.

Ich dränge Jona zum Gehen, ehe meine Mutter auftaucht. So direkt sage ich ihm das nicht, aber er begreift doch, dass es besser wäre, nicht länger zu bleiben.

Unten an der Haustür verabschieden wir uns voneinander und am liebsten würde ich alles zurücknehmen und Jona bitten, wieder mit nach oben zu kommen. Er sieht ganz so aus, als hätte auch er nichts dagegen.

„Magst du morgen zu uns kommen?", fragt er mich nach einem flüchtigen Kuss. „Ich würde dich total gerne meinen Eltern vorstellen."

„Gerne", antworte ich, obwohl mir bei diesem Gedanken flau im Magen wird. Was, wenn sie mich nicht mögen? Was, wenn ich mich irgendwie dumm oder ungeschickt anstelle und mich blamiere?

„Das wird toll", verspricht Jona. „Sie sind schon so gespannt auf dich."

Ich kuschle mich an ihn und behalte meine Bedenken für mich. Irgendwie werde ich diesen Besuch sicher überstehen. Und Jonas Schwester Sarah kenne ich ja immerhin schon.

„Ich sollte dann wohl langsam gehen", sagt Jona schließlich und löst sich von mir. „Bekomme ich einen Abschiedskuss?"

Darum muss er mich nicht zweimal bitten. Wir küssen uns, bis das Hoflicht, das per Bewegungsmelder angegangen ist, wieder verlischt, und ich bin sehr erstaunt, wie leidenschaftlich unser Kuss ausfällt. Ich hätte es Jona nicht zugetraut, so ein guter Küsser zu sein, und schon gar nicht hätte ich erwartet, dass er so unersättlich sein kann. Ich bin es, die den Kuss schließlich beendet. Verlegen trete ich einen Schritt zurück und schaue Jona an. Aber er sieht nicht so aus, als fände er, dass wir damit schon zu weit gegangen sind. Vielleicht sieht er das alles nicht ganz so eng, wie ich geglaubt habe.

Kapitel 18
Jona

Als ich die Tür öffne, bin ich doch ein wenig aufgeregt. Schließlich haben meine Eltern und vor allem Sarah schon angedeutet, dass sie finden, dass das mit Marie sehr schnell gegangen ist. Trotzdem macht mein Herz einen kleinen Hüpfer, als ich sie nun sehe. Am liebsten würde ich sie gleich wieder küssen, wie ich es am vergangenen Abend so oft getan habe, doch mit meiner Mutter im Rücken, die neugierig aus der Küche herausschaut, traue ich mich nur, sie kurz zu umarmen. Auch Marie wirkt nervös.

Ein paar Minuten später sitzen wir alle gemeinsam um den Esstisch, meine Freundin neben mir und meine Eltern uns gegenüber. Meine Mutter hat natürlich als Allererstes unserem Gast Reis, Lauch und Fisch auf den Teller gehäuft und jetzt ist sie dabei, auch an uns andere Essen auszuteilen.

Mama scheint Marie jetzt schon gut leiden zu können, überlege ich mir, während ich genüsslich den Geruch des Essens einatme. Zumindest war sie gleich sehr freundlich und herzlich, als sie Marie vorhin begrüßt hat. Papa war skeptischer und Sarah hat sich ihm wohl angeschlossen, obwohl sie Marie schon kennt. Paul und Michael dagegen sind ganz wie immer, quirlig und aufgeschlossen. Aber Michi kennt Marie ja auch schon flüchtig, auch wenn er jetzt sicherlich enttäuscht ist, dass sie kein Engel, sondern ein ganz normaler Mensch ist.

Meine Mutter tut sich als Letztes auf und setzt sich dann wieder, um die Hände zu falten. Ihr Blick wandert allerdings nicht wie normalerweise nach unten, sondern rüber zu Marie und – schnell stupse ich sie unter dem Tisch mit dem Knie an, damit sie bemerkt, dass außer ihr keiner isst. Sofort schaut sie mich fragend an und wird postwendend rot, was mich zum Lächeln bringt. Meiner Mutter geht es genauso, aber mein Vater hustet einmal kurz und wirkt ein wenig pikiert, bevor er das Tischgebet spricht und Gott darum bittet, uns alle zu segnen. Dabei weiß er ja, dass er nicht von allen erwarten kann, es gewohnt zu sein, vor dem Essen zu beten.

Bald darauf beginnt mein Vater, Marie auszufragen. Zuerst erkundigt er sich nach der Schule, ihren Leistungskursen und danach, ob sie gute Noten hat und wie sie mit den Lehrern zurechtkommt.

„Wieso seid ihr eigentlich nach Würzburg gezogen?", fragt er dann und Marie antwortet ihm, dass ihrer Mutter eine gute Stelle als Krankenschwester im Uniklinikum angeboten wurde.

„Deine Mutter ist Krankenschwester? Schön. Das ist sicherlich ein sehr abwechslungsreicher und erfüllender Beruf. Was ist mit deinem Vater?"

Marie neben mir zögert. „Ich habe keinen Vater", sagt sie schließlich und hört sich dabei zwar nicht unfreundlich an, aber doch abweisender als zuvor. „Er hat meine Mutter und mich verlassen, als ich noch nicht einmal geboren war." Ich beiße mir auf die Lippen; ich finde jetzt schon, dass mein Vater zu neugierig ist, aber nach einer kurzen Pause fragt er unbeirrt weiter.

„Gehst du eigentlich in eine Kirche?"

„Nein." Wieder stockt Marie einen Moment. „Das heißt, ich gehe hier noch nicht in eine Kirche. In Augsburg war ich schon ab und zu."

„Ach, dann geh doch nächste Woche mit meiner Familie gemeinsam. Oder gehst du lieber mit deiner Mutter in den Gottesdienst?"

„Meine Mutter geht nicht in die Kirche."

„Dann ist sie nicht christlich?" Auch das folgert mein Vater meiner Meinung nach viel zu selbstverständlich.

„Nein", bestätigt ihn Marie auch noch.

„Und seit wann glaubst du an Gott?" Die Stimme meines Vaters ist freundlich wie immer, ich höre ihm aber trotzdem an, dass er über manche Antworten nicht besonders begeistert ist.

„Ich habe mich während meiner Zeit als Konfirmandin für Gott entschieden. Meine Mutter hat mich in dieser Entscheidung auch immer unterstützt." Den zweiten Satz schiebt sie fast ein bisschen trotzig hinterher, aber nun sieht mein Vater zumindest einigermaßen zufrieden aus. Bevor er zur nächsten Frage ansetzen kann, unterbricht ihn meine Mutter, die mit geröteten Wangen dasitzt – anscheinend ist ihr dieses Verhör ähnlich unangenehm wie mir – und fragt, ob alle einen Nachtisch wollen. Es gibt Schokoladenpudding, der mich sofort dazu bringt, an den vergangenen Abend, das Schokoladenpopcorn und die Nähe zwischen Marie und mir zu denken, weshalb ich es nun bin, dessen Wangen rot werden.

Als meine Mutter die Schüsselchen mit Pudding austeilt, wird Paul auf einmal ganz hibbelig. Er und Michael waren das ganze Essen über ungewöhnlich ruhig – auch wenn sie sich in Gegenwart unseres Vaters sowieso meistens zusammenreißen.

„Wieso bekommt die da einen Nachtisch?", platzt es dann aus Paul heraus. Sein Finger zeigt auf Marie.

„Wieso soll sie denn nicht?", gebe ich zurück und sehe ihn ein bisschen argwöhnisch an.

„Na, weil sie vorhin vor dem Beten gegessen hat!"

———

Als Marie und ich später – selbstverständlich bei geöffneter Zimmertür – nebeneinander auf meinem Sofa sitzen, lehne ich mich erst einmal erleichtert zurück und lege den Arm um meine Freundin.

„Tut mir leid, dass mein Vater dich so ausgequetscht hat", erkläre ich. Außerdem bin ich froh, dass sie nicht mitbekommen hat, wie meine Mutter und mein Vater später in der Küche darüber gesprochen haben, wenn auch nur mit einem halbernsten Tonfall, dass sie Maries Angebot, in der Küche zu helfen, vielleicht doch hätten annehmen sollen.

„Damit sie sich gleich für ihr Eheleben daran gewöhnt, so ungern wie unser Jonathan das macht", hat mein Vater hinterhergeschoben.

„Kein Problem", sagt Marie und lehnt ihren Kopf an meine Schulter. „Ich hoffe nur, deine Eltern mögen mich. Glaubst du das?"

„Meine Mutter findet dich klasse", sage ich ehrlich und füge hinzu, dass Papa sicher auch nichts gegen sie hat. Da bin ich mir ziemlich sicher, allerdings weiß ich nicht, ob er viel für sie übrig hat.

Wir reden noch ein wenig, bevor Marie wieder geht, und kuscheln uns dabei nur ein bisschen aneinander, weil draußen im Gang immer wieder jemand vorbeiläuft – mal Mama, mal Papa, mal Sarah und dann wieder Papa.

Kapitel 19
Marie

Der Besuch bei Jonas Familie bereitet mir in den nächsten Tagen einiges Kopfzerbrechen. Schon beim Gedanken an mein peinliches Erlebnis vor dem Essen steigt mir wieder die Röte ins Gesicht. Kein Wunder, dass Jonas Vater mich so ausgefragt hat. Aber ich bin es einfach nicht gewohnt, vor dem Essen zu beten.

Aber nicht nur in diesem Punkt ist Jonas Familie so ganz anders als meine. Der Glaube scheint in ihrem ganzen Leben eine zentrale Rolle zu spielen, was bei uns einfach nie der Fall war. Ich habe es bisher nicht gewagt, Gott einen so großen Platz in meinem Alltag einzuräumen. Und meine Mutter legt darauf natürlich überhaupt keinen Wert.

Wenn ich ehrlich zu mir selbst bin, dann habe ich unheimliche Angst vor dem Moment, in dem Jona meine Mutter kennenlernt. Es ist nicht so, dass irgendetwas an ihrer Art oder ihrem Verhalten nicht in Ordnung wäre, aber ich fände es furchtbar, wenn er enttäuscht von meiner Familie wäre.

Außerdem weiß ich nicht recht, wie meine Mutter ihrerseits auf Jona reagieren wird. Mit Skepsis vermutlich. Und wenn sie wüsste, wie Jonas Familie über Beziehungen denkt – nämlich, dass sie nur eine Vorstufe zur Ehe sind, die zwingend irgendwann, besser früher als später, folgen muss –, dann würde sie vermutlich völlig die Nerven verlieren.

Aus all diesen Gründen setze ich alles daran, dieses unangenehme Treffen noch aufzuschieben. Und vorerst gelingt mir das auch, obwohl Jona immer wieder darauf zu sprechen kommt.

Zuerst einmal jedoch haben wir beide mit den Reaktionen im Jugendkreis genug zu kämpfen. Jeder hat mitbekommen, dass sich zwischen Jona und mir etwas anbahnt, aber als wir letzte Woche Hand in Hand den Jugendraum betreten haben, sind manchen trotzdem fast die Augen aus dem Kopf gefallen. Thomas war einfach klasse, denn er hat sich ganz normal verhalten.

„Bei uns ist das damals auch ganz schnell gegangen", hat Ida uns anvertraut und Davids Hand ergriffen. „Aber unserer Beziehung hat es nicht geschadet, stimmt's?"

Das und der Besuch bei Jonas Familie haben beides: mich verunsichert und mich gleichzeitig mit Jona zusammengeschweißt. Aber alles in allem habe ich ein gutes Gefühl dabei.

Trotzdem bin ich wieder aufgeregt, als wir am darauffolgenden Freitag in den Jugendkreis kommen, fast so sehr wie am allerersten Abend, den ich hier verbracht habe.

„Sie beißen nicht", meint Jona, der meine Gedanken zu lesen scheint, und drückt kurz meine Hand. Er lässt sie allerdings los, um Thomas zu begrüßen, der ihm schon zur Tür entgegenkommt. Jetzt, wo die beiden sich nur noch an den Wochenenden sehen, sind sie an den Freitagabenden unzertrennlich und tauschen stundenlang alle Neuigkeiten aus, die es so gibt. Ich sitze daneben und finde es schön, ihnen zuzuhören, vor der Andacht und auch später nach dem Jugendkreis wieder. Jona und Thomas scheint nie der Gesprächsstoff auszugehen und sie beziehen mich wie selbstverständlich in ihre Unterhaltung mit ein.

„Das könnt ihr euch nicht vorstellen!", erzählt Thomas gerade von einer Studentenverbindung, mit der er unfreiwillig Bekanntschaft gemacht hat, als sich plötzlich Aaron zu uns setzt und ihn zum Verstummen bringt.

Als Prediger ist Aaron der beste Freund von jedermann. Zumindest ist er sehr darum bemüht, diesen Eindruck zu erwecken. Er hat ein Talent dafür, sich alles zu merken, was man in seiner Gegenwart sagt, und es im nächsten Gespräch wieder aufzugreifen. Jede Klausur, jedes Hobby und jedes Problem – Aaron scheint sich für alles zu interessieren, was seine Schützlinge aus der Jugendgruppe betrifft.

„Na, was macht das Studium?", will er sogleich von Thomas wissen und lässt sich minutenlang alles erzählen. Aber sein Blick wandert immer wieder zu Jona und mir hinüber. Ich ahne, dass er auf uns beide noch zu sprechen kommen wird.

Auch Jona wirft mir einen vielsagenden Blick zu und ich muss grinsen, als Aaron sich kurz darauf tatsächlich uns zuwendet. „Und ihr beide seid jetzt ein Paar?"

Ich hätte nicht gedacht, dass Aaron so direkt sein kann. Zum Glück ergreift Jona die Initiative und antwortet: „Ja, sind wir."

„Ach, das ist schön", seufzt Aaron. „Sich in eurem Alter so glücklich zu verlieben, das ist einfach wunderbar. Und eine Beziehung ist dann etwas so Neues und Aufregendes!"

Ich überlasse es wieder Jona, zu antworten. „Ja, wir sind wirklich glücklich." Er stupst mich an. Darauf, was Aaron sonst noch gesagt hat – dass eine Beziehung für uns beide etwas ganz Neues sei –, geht er nicht ein.

„Darf ich mit euch beten?", fragt Aaron unvermittelt und weil Jona schon die ganze Zeit für uns beide gesprochen hat, kann ich jetzt nicht einfach ablehnen.

Wir rücken ein wenig zur Seite, bis wir in einer Art sehr kleinem Kreis etwas abseits von den anderen sitzen, ich ganz dicht bei Jona. Mir wird unangenehm warm bei dem Gedanken, dass ich vor ihm und Aaron laut beten soll. Mir hat noch nie jemand beim Beten zugehört. Na ja, außer Gott natürlich. Das Gebet erscheint mir als etwas zu Persönliches, um es mit anderen zu teilen. Aber ich weiß, dass es hier im Jugendkreis gang und gäbe ist, gemeinsam und füreinander zu beten.

„Vater im Himmel, die Liebe ist eine der wunderbarsten Sachen, die du für uns erdacht und in unsere Herzen gelegt hast", beginnt Aaron und dankt Gott voll überschwänglicher Herzlichkeit, dass Jona und ich zueinandergefunden haben. Ich danke ihm ja auch dafür, aber ich kann mich kaum auf Aarons Worte konzentrieren, weil ich genau weiß, dass er nicht ewig sprechen wird und dass dann auch ich etwas werde sagen müssen.

Aaron betet sehr lange. Ich lege mir Worte zurecht und spreche sie mir in Gedanken immer wieder vor, aber als Aaron verstummt, spreche ich sie nicht aus, weil es mir falsch vorkommt, etwas Auswendiggelerntes vor Gott zu bringen.

Nach einem kurzen Moment des Schweigens ergreift Jona das Wort. Er dankt Gott für mich, als wäre es ihm gar nicht bewusst, dass sowohl Aaron als auch ich selbst neben ihm sitzen und ihm zuhören. Das ist es, was ich an Jonas Glauben so bewundere: Er ist so unkompliziert und man merkt ihm an, dass er aus tiefstem Herzen kommt. Jona konzentriert sich im Gebet vollkommen auf Gott.

Mich überrollt eine Welle der Zuneigung für Jona

und am liebsten würde ich seine Hand nehmen. „Danke Gott, dass ich ihn kennen darf", bete ich im Stillen – laut aussprechen will ich es nicht. „Und dass er mich nicht verurteilt, sondern mich so akzeptiert, wie ich bin. Ich danke dir, dass du ihm so viel Verständnis und Liebe gegeben hast." Und ich bitte Gott, dass ich Jona nicht unglücklich mache. Ich kann mir zwar keine Situation vorstellen, in der ich ihn je willentlich verletzen könnte, aber in diesem Moment habe ich das Gefühl, dass es nicht schaden kann, Gott auch dafür um seinen Segen zu bitten. Jona ist ein so sanfter und etwas gutgläubiger Mensch – niemand sollte ihm wehtun dürfen. Ich weiß jedoch, dass er mich nahe genug an sich herangelassen hat, dass ich ihn verletzen könnte. Und das will ich wirklich um keinen Preis.

„Lass mich immer daran denken, Herr, bitte", schließe ich mein stummes Gebet und stelle sofort fest, dass auch Jona mittlerweile verstummt ist. Plötzlich lastet die Stille unangenehm auf mir. Ich weiß ganz genau, dass sie darauf warten, dass auch ich etwas sage. Aber ich lasse den Kopf gesenkt und bleibe still.

„Ähm … Amen", sagt Aaron irgendwann und setzt dem Schweigen damit ein Ende. Ich fühle, dass mein Gesicht glüht, als ich den Kopf hebe und den Blicken der beiden ausweiche. Es ist mir furchtbar unangenehm, ihre Erwartungen nicht erfüllt zu haben. Was Aaron nun wohl denkt? Am Ende kommt er noch auf den Gedanken, dass ich in Wahrheit gar nicht an Gott glaube oder so etwas.

Jona legt die Hand auf meinen Unterarm und drückt ihn sanft. „Du musst nicht laut beten, wenn du das nicht willst." Er schenkt mir ein Lächeln und ich fühle mich wieder ein wenig besser.

Kapitel 20
Jona

Ich wende mein Gesicht der Sonne zu, schließe die Augen und atme tief durch. Einmal aufs Neue wird mir bewusst, wie glücklich ich eigentlich bin – nicht nur im Allgemeinen, sondern auch genau jetzt, in diesem Moment. Heute Morgen habe ich vor der Schule einen wunderschönen Psalm gelesen, der mir wieder gezeigt hat, wie unglaublich Gott ist, und wenn ich die Natur um mich herum sehe, dann verstehe ich nicht, wie jemand daran zweifeln kann. Dazu kommt, dass Marie dicht neben mir steht, ihre Hand in meiner, und ich genau fühle, wie nah sie mir auch emotional ist. Wir stehen also hier am Ufer des Mains und ich danke Gott spontan dafür, wie wundervoll er ist und wie er unser Leben lenkt und erfüllt. Dann wende ich mich wieder Marie zu und lächle sie an.

„Du strahlst so", stellt sie fest.

„Dazu habe ich ja auch allen Grund", gebe ich lächelnd zurück und meine es auch so. Ich kann immer glücklich darüber sein, als ein Kind Gottes auf dieser Erde leben zu dürfen, aber in solchen Momenten fällt mir das noch viel leichter als sonst.

Eine Weile gehen Marie und ich noch nebeneinander am Main entlang, auch wenn wir immer wieder stehen bleiben, um uns zu küssen. Wir müssen erst um acht im Jugendkreis sein, weshalb wir es nicht eilig haben. Außerdem kann ich mich nicht dagegen wehren, dass ich sie immerzu berühren möchte. Es fühlt sich so gut an, ihr nahe zu sein, mit ihr zu sprechen und sie anzusehen. Sogar so gut, dass wir gar nicht bemerken, wie nicht nur langsam die Sonne untergeht, sondern auch Wolken aufziehen. Das wird uns erst bewusst, als die ersten Tropfen vom Himmel herabfallen.

Neben mir zieht Marie ihre Jacke ein bisschen enger um ihren Körper und wir beschließen, so schnell wie möglich zum Auto zurückzugehen, weil ich nicht möchte, dass sie friert oder sich gar erkältet.

„Aber wir könnten es uns im Auto gemütlich machen", schlage ich vor, weil ich die Zweisamkeit mit ihr noch nicht enden lassen will. Dazu ist sie viel zu schön.

Also sitzen wir ein paar Minuten später im dämmrigen Auto, in dem ich die Standheizung angemacht habe, und schälen uns aus unseren nassen Jacken. Sobald Marie ihre auf die Rückbank gelegt hat, lehne ich mich zu ihr hinüber, um sie wieder zu küssen. Meine eine Hand vergrabe ich dabei in ihren feuchten Haaren, die andere lege ich an ihre Hüfte, an der ein kleines Stück Haut hinausschaut. Sie ist so weich und warm, dass meine Hand augenblicklich zu kribbeln beginnt – meine Hand, mein Arm, mein Herz und mein ganzer Körper. Ich habe das Gefühl, vor Liebe und Zuneigung vergehen zu müssen, und löse mich von ihrem Mund, aber ziehe sie dafür, so gut das im Auto geht, näher zu mir. Ihre Arme schlingen sich um meinen Körper, bevor wir uns wieder küssen. Dabei beginnt sie, ziellos über meinen Rücken und meinen Bauch zu streicheln und ich genieße es, während ich meinerseits meine Hand aus ihren Haaren löse.

Wir küssen uns wieder und liebkosen einander und ich habe das Gefühl, dass sich mein Gehirn langsam mit Watte füllt. Zumindest bis ich bemerke, wie Maries Finger versuchen, meinen Gürtel zu öffnen. Diese Tatsache wirkt wie ein kalter Guss über meinen Rücken und ich weiche, über mich selbst erschrocken, zurück.

„Tut mir leid", murmle ich hastig und Marie zieht ihren Pullover wieder herunter. Dann starte ich den Motor des Autos, weil ich das Gefühl habe, sonst vor Scham im Erdboden versinken zu müssen. „Wir sollten jetzt los, sonst kommen wir noch zu spät." Die digitale Uhr zeigt gerade kurz nach sieben an, aber Marie widerspricht mir nicht.

Während ich ausparke und den Wagen wieder auf die Straße Richtung Würzburg lenke, verspüre ich den Drang, meinen Kopf gegen das Lenkrad zu schlagen. Es ist fast nichts mehr von den Gefühlen da, die mich heute Abend beinahe haben schweben lassen. Das Einzige, was da ist, sind Schuldgefühle. Ich muss an die Andacht denken, die ich gehalten habe, als Marie und ich uns kennengelernt haben. Wie dumm es doch von mir war, das alles für so leicht zu halten. Ich habe geredet, als wäre es nicht sonderlich schwierig, bis zur Ehe enthaltsam zu sein. Andererseits sollte ich mir vielleicht nicht so viele Gedanken und Schuldvorwürfe machen. Schließlich ist nichts passiert. Wir dürfen uns einfach zu nicht noch mehr hinreißen lassen. Aber es ist doch nichts gegen eine gewisse körperliche Nähe einzuwenden, oder? Wir sind immerhin ein Paar. „Hast du eigentlich gestern noch eine passende Bibelstelle für deine Andacht gefunden?", reißt mich Marie aus meinen Gedanken. Ich nicke, bevor mir klar wird, dass sie das in dem Zwielicht hier im Auto wahrscheinlich nicht sehen kann.

„Ja, habe ich", erwidere ich also und fühle mich sofort erleichtert, weil die Stille durchbrochen ist.

„Und welche?", fragt Marie.

„Eine aus den Paulusbriefen." Ich halte heute Abend wieder die Andacht im Jugendkreis, diesmal zum Thema Jüngerschaft. Dazu hatte ich schon einige Stellen aus den Evangelien zusammengesucht, aber mir hatte noch etwas Abschließendes gefehlt.

„Du hast ja wirklich ein Faible für Paulus", sagt Marie, mit der ich schon ein paarmal über Paulus gesprochen habe, und lacht dann sogar leise.

„Gut erkannt", gebe ich scherzhaft zurück, bevor ich wieder ein wenig ernster werde. „Ich finde Paulus wahnsinnig faszinierend. Seine Briefe haben einfach einen sehr hohen Weisungscharakter. Auch heute noch." Mir kommen gleich ein paar Stellen in den Sinn, während ich mich in die Linksabbiegerspur einordne. Dann fällt mir auf, dass das nicht für alles gilt, was Paulus so geschrieben hat.

„Aber das ist natürlich nicht für alle Aussagen richtig. Ich meine, ich denke nicht, dass Frauen heute noch ihren Kopf bedecken sollten. Das weißt du ja." Schließlich reden Marie und ich immer wieder über unseren Glauben und seine Ausübung. „Das sind Meinungen, die daraus entstanden sind, dass Paulus in einer anderen Zeit gelebt hat, zumindest meiner Meinung nach. Damals war die Gesellschaft einfach noch eine total andere, sie hat weniger Dinge akzeptiert und auch anders funktioniert und alles." Kaum habe ich das ausgesprochen, würde ich es am liebsten wieder zurücknehmen, weil mir die Sache mit der Enthaltsamkeit durch den Kopf schießt. Für die gilt das natürlich nicht. Aber selbst für jemanden, der sich gut in der Bibel auskennt, ist es manchmal schwer zu unterscheiden, welche Stelle wie zu suchen ist, also sollte ich wirklich nicht immer so leichtfertig irgendwelche allgemeinen Aussagen machen. Besonders nicht Marie gegenüber. Sie kommt schließlich aus keinem christlichen Elternhaus, und auch wenn ich ihr zutraue, selbst zu entscheiden, wie welche von Paulus' Weisungen zu sehen ist, wird mir doch immer bewusster, wie viel meine Eltern mir da von Anfang an beigebracht haben. Und das fehlt ihr.

Kapitel 21
Marie

„Hände weg! Ich habe gesagt, ich koche heute Abend." Mit diesen Worten nehme ich meiner Mutter den Kochlöffel aus der Hand und rühre die Tomatensoße um.

Sie sieht mich perplex an und lässt sich dann auf einen Küchenstuhl sinken. „Das ist ja auch sehr lieb von dir. Aber irgendwie werde ich das Gefühl nicht los, dass die Sache einen Haken hat."

„Hat sie auch." Ich krame Besteck aus den Schubladen und nehme drei Teller aus dem Schrank, um den Tisch zu decken.

„Ach ja?", fragt meine Mutter und sieht mir dabei zu. „Hast du irgendetwas angestellt, das du mir beichten willst?"

„Nein." Drei Gläser finden ihren Platz neben den Tellern.

„Du hast eine schlechte Note geschrieben", rät meine Mutter und ich schüttle den Kopf. „Ärger mit Frau Heimrath? Der Polizei … Warum deckst du den Tisch eigentlich für drei Personen?"

Ich versuche zu lächeln, während ich Servietten falte und auf die Teller lege. „Ich möchte dir heute Abend jemanden vorstellen."

Meine Mutter springt auf. „Du hast eine Kontaktanzeige aufgegeben und willst mich verkuppeln!", mut-

98

maßt sie und vermutlich soll das wie ein Witz klingen, aber der Versuch misslingt, weil ihre Stimme eine Oktave höher gerutscht ist.

„Fast", sage ich. „Ich will dir meinen Freund vorstellen." Während ich wieder in der Tomatensoße herumstochere, spüre ich förmlich, wie mir der Blick meiner Mutter ein Loch in den Rücken brennt. Vielleicht hätte ich es ihr vorher sagen sollen. Aber das hätte alles nur noch komplizierter gemacht.

„Du hast einen Freund", stellt sie nüchtern fest.

„Ja."

„Warum erfahre ich das erst jetzt?"

Ich drehe mich zu ihr um. „Weil ich wusste, dass du so ein Theater machen würdest."

Eben hat sie noch verärgert ausgesehen, aber nun entgleisen ihr einen Moment lang die Gesichtszüge und sie schaut mich betreten an. „Bin ich wirklich so schrecklich?"

„Nein." Ich kann ihr nicht in die Augen sehen. „Ich wusste nur nicht, wie du reagieren würdest."

Sie nickt langsam und es tut mir furchtbar leid, dass ich sie in diese Situation gebracht habe. Ich kann es allerdings nicht lange bereuen, denn in diesem Augenblick klingelt es schon an der Tür.

„Ist er das?", fragt meine Mutter alarmiert. Als ich nicke, strafft sie die Schultern und sieht mich an. „Du hast mir noch nie einen deiner Freunde vorgestellt. Das ist etwas … sehr Ernstes, oder?"

„Ja", antworte ich ohne zu zögern. Wenn es mir nicht ernst wäre mit Jona, würde ich das hier niemals tun. Aber am liebsten würde ich dafür sorgen, dass alle Welt erfährt, dass er und ich ein Paar sind. Und das fängt eben damit an, dass ich es meiner Mutter sage.

„Ich mache jetzt die Tür auf, ja?" Ich lächle sie an

und sehe im Gehen noch, wie sie hektisch das Besteck zurechtrückt.

―――――

Meine Bedenken sind vollkommen unnötig gewesen. Jona hat meine Mutter schon in den ersten fünf Minuten davon überzeugt, dass jede Befürchtung, er könnte schlecht für mich sein, unnötig ist. Er redet beim Essen die ganze Zeit von seinem Glauben und allem, was damit zu tun hat – vom Jugendkreis und von seinem Vater, der Pfarrer ist, vom Religionsunterricht und so weiter. Wenn ich nicht wüsste, dass Jona immer so ist, würde ich denken, er tue das nur, um meine Mutter in Sicherheit zu wiegen.

Die jedenfalls gibt sich gesprächig und freundlich. Ein bisschen zu freundlich, wenn man weiß, wie sie normalerweise ist. Aber ich denke nicht, dass Jona das bemerkt.

„Schon so spät!", meint meine Mutter irgendwann. Wir sitzen immer noch am Küchentisch. Ich habe mir Gedanken gemacht, wie wir die Zeit herumbringen sollen, bis meine Mutter zur Arbeit gehen muss, aber es hat erstaunlich gut funktioniert. Der Gesprächsfaden ist nicht ein einziges Mal abgerissen und meine Mutter hat nicht damit angefangen, Jona wie bei einem Bewerbungsgespräch auszufragen.

„Seid so nett und macht den Abwasch!", ruft sie im Gehen. Sie hat sich hastig umgezogen und sich sehr herzlich von Jona verabschiedet. Ich folge ihr noch zur Tür.

„Ein Pfarrerssohn", wispert sie, während sie in ihre Jacke schlüpft. „So etwas kann auch nur dir einfallen, oder?" Sie seufzt. „Aber nett ist er."

Ich umarme sie überschwänglich – etwas, das ich

eigentlich nie tue. Aber ich bin so glücklich darüber, dass sie nichts gegen Jona zu haben scheint, dass ich mich nicht zurückhalten kann.

„Seid anständig", sagt sie zum Abschied, murmelt nochmal etwas, das wie „Pfarrerssohn" klingt, und dann ist sie auch schon zur Tür hinaus.

Ich gehe zurück in die Küche und bin furchtbar erleichtert, dass alles so gut gelaufen ist und dass ich Jona nun ganz für mich alleine habe. Jetzt sind alle Fragen geklärt, jetzt weiß wirklich jeder, der es wissen sollte, von unserer Beziehung. Der Gedanke versetzt mich in Euphorie: Jona und ich gehören zusammen und jeder weiß es.

„Ich glaube, sie kann dich ganz gut leiden", strahle ich Jona an, während ich ihm ein Geschirrtuch in die Hände drücke. Wir machen gemeinsam den Abwasch und spritzen uns mit Spülwasser nass. Wenn ich Jonas Lachen höre, überkommt mich ein Gefühl grenzenloser Zuneigung zu ihm. Er wird ganz ernst, als ich mit meinen nassen Händen sein Gesicht umfasse. „Ich liebe dich", flüstere ich. Jona sieht mich lange an und ich frage mich schon, ob ich es besser nicht hätte sagen sollen. Aber es ist so wahr, dass ich es einfach nicht länger zurückhalten konnte.

„Ich liebe dich auch, Marie", sagt er schließlich. Wir küssen uns lange und innig und irgendwann ergreife ich Jonas Hand und ziehe ihn mit mir in mein Zimmer. Das restliche Geschirr bleibt unbeachtet neben dem Spülbecken stehen.

Kapitel 22
Jona

Als Marie mich mit in ihr Zimmer nimmt, ist beinahe schon vergessen, wie glücklich ich darüber bin, dass ihre Mutter mich in Ordnung findet. Dieser Gedanke ist immer mehr verblasst, während Marie und ich den Abwasch erledigt haben und – sie liebt mich. Ich habe es kaum fassen können, als sie das zu mir gesagt hat. Schließlich ist das einfach total irre. Wir kennen uns jetzt zwar schon seit einigen Wochen, aber es kommt mir trotzdem unwirklich vor, wie sehr ich sie ebenfalls liebe. So sehr, dass die Vorstellung, mein Leben lang mit ihr zusammen zu sein, ganz von allein da ist.

Als wir in ihrem Zimmer sind, zieht Marie mich auf ihr Bett und küsst mich leidenschaftlich. Ich zögere einen Moment, in dem mir verschiedene Gedanken durch den Kopf schießen: meine Angst, Marie zu enttäuschen, mein Vorhaben, mit dem Sex bis zur Ehe zu warten, meine Andacht und die Stimme in meinem Inneren, die mir sagt, dass wir aufhören sollten. Doch ich ignoriere all diese Vorbehalte und gebe mich ganz meinen Gefühlen hin.

Wir liegen auf Maries Bett und ich kann mich kaum entscheiden, ob ich meine Freundin lieber in ihrer vollkommenen Schönheit ansehen oder die Augen schließen möchte, um ganz genau spüren zu können, wie sie mich berührt und wie sie sich anfühlt. Und um ihren Duft besser in meine nach Luft lechzenden Lungen saugen zu können. Es ist einfach der totale Wahnsinn, wie mich alles überflutet, wie nah ich mich Marie fühle. Es ist unbeschreiblich. Es ist genau so, wie es geschrieben steht – wir werden zu einem Fleisch.

Eine Weile später liegen unsere nackten, zufriedenen Körper dicht beieinander, Maries Kopf ruht an meiner Schulter, unsere Atmung geht so gleich, als wären wir nur ein einziges Wesen. Unter der Decke halten wir uns an den Händen, aber keiner spricht ein Wort. Trotzdem verschwindet nach und nach das von Glück umhüllte Vakuum aus meinem Kopf und lässt die tausend Gedanken hinein, die diesen Moment zerstören. Zumindest für mich. Was mit Marie ist, weiß ich nicht, weil ich mich plötzlich nicht einmal mehr traue, sie anzusehen. Auch ihre Hand lasse ich los, bevor ich aufstehe.

„Was hast du?", fragt Marie sofort und schaut mich mit großen Augen an.

„Ich muss jetzt nach Hause", sage ich und bin mir sicher, dass meine Stimme sehr dünn klingt.

„Aber du meldest dich?"

Inzwischen bin ich dabei, meine Kleider wieder anzuziehen. Ich nicke auf Maries Frage hin nur und schaue weiterhin auf den Boden.

„Ist wirklich nichts?", erkundigt sie sich erneut. Sie hört sich besorgt an, also gehe ich schnell zu ihr und küsse sie auf den Mund, wenn auch kaum einen Sekundenbruchteil lang.

„Nein", erwidere ich. „Ich muss wirklich nach Hause."

Sobald ich die Wohnungstür hinter mir zugezogen habe, lasse ich mich gegen die Wand im Treppenhaus sinken und atme tief durch. Marie hat gesagt, dass sie es bereut, mit ihren Exfreunden geschlafen zu haben, und nun habe ich ihr in gewisser Weise die Möglichkeit genommen, es dieses Mal anders zu machen. Dabei wollte ich das nicht. Aber ich hatte mich in diesem Moment einfach nicht mehr unter Kontrolle.

Außerdem fühle ich mich vor Gott schlecht. Er weiß genau, dass ich mir vorgenommen hatte, nicht vor der Hochzeitsnacht mit jemandem zu schlafen. Aber nun habe ich meine Prinzipien verraten. Und wohl auch meinen Glauben, denn immerhin möchte Gott, dass so etwas nur in der Ehe stattfindet. Ich habe mit einem Mal das Gefühl, überhaupt nicht mehr mit ihm sprechen zu dürfen. Ich fühle mich so falsch, so unwürdig.

Auch vor meinem Jugendkreis werde ich mir sicherlich nur noch wie ein Heuchler vorkommen. Denn was ist mit der Andacht, die ich erst vor ein paar Wochen gehalten habe? Habe ich da nicht noch betont, wie wichtig es ist, enthaltsam zu sein? Und es so dargestellt, als wäre das für mich die natürlichste Sache der Welt? Aber ich habe mich hinreißen lassen und noch dazu Marie mit hineingezogen. Und das Schlimmste ist, dass ich es trotzdem wunderschön gefunden habe. Die Verbundenheit, die zwischen uns war, die Heftigkeit meiner Gefühle, die Ungeduld und die Erfüllung.

Es dauert nur wenige Minuten, bis ich zu Hause bin und aufsperre. Es ist inzwischen kurz nach zehn und am liebsten würde ich gleich ins Bett gehen. Aber davor muss ich mich bei meinen Eltern zurückmelden.

Die beiden sitzen im Wohnzimmer – mein Vater schon im dunkelgrauen Schlafanzug, meine Mutter im langen, weißen Nachthemd – und lesen, während leise klassische Musik läuft. Eine typische Szene, bei deren Anblick ich mich normalerweise sofort zu Hause fühle. Aber heute nicht. Heute fühle ich mich einfach nur unwohl und total fehl am Platz, als ich in der Tür stehen bleibe und meinen Eltern sage, dass ich wieder da bin.

„Und, war es schön?", fragt meine Mutter und mustert mich über den Rand ihres Buches hinweg. Sofort glaube ich, knallrot anzulaufen. Ob man mir ansieht, was ich gerade getan habe? Ob mir meine Eltern wohl ansehen, wie sehr ich nicht nur meinen Glauben, sondern auch ihre Erziehung verraten habe?

Schnell murmle ich eine Antwort, bevor ich ohne den Umweg zu einem meiner Geschwister in meinem Zimmer verschwinde. Dort betrachte ich mich im Spiegel: Meine blonden Haare sehen zerzaust aus und mein Gesicht ist ein bisschen röter als normal, aber das Schlimmste sind meine Augen. Sie scheinen die Wahrheit geradezu aus sich herauszuschreien. Schnell lösche ich das Licht, ohne in der Bibel zu lesen, wie ich es normalerweise vor dem Zubettgehen mache.

Es dauert lange, bis ich einschlafe. Ich höre, wie meine Eltern ins Bett gehen, und starre in die Dunkelheit, während die Schuldgefühle in mir rumoren.

Kapitel 23
Marie

Ich brauche bis zum späten Sonntagnachmittag, um festzustellen, dass es sich bei dem flauen Gefühl in meinem Magen nicht nur um eine ungute Vorahnung handelt. Nein, irgendetwas läuft hier gewaltig schief. Jona hat sich immer noch nicht gemeldet und dabei wollte ich doch heute Morgen mit seiner Familie in den Gottesdienst gehen. Etwas in mir sträubt sich dagegen, ihn einfach anzurufen. Er hat gesagt, er würde sich bei mir melden, und es wäre naiv zu glauben, er hätte es nur vergessen.

Der Gedanke, er könnte das, was gestern zwischen uns passiert ist, bereuen, ist mir unerträglich. Hat er etwa nicht das Gleiche empfunden wie ich?

Aber natürlich, da sind auch noch seine Prinzipien. Das wusste ich buchstäblich von Anfang an, seit dem Tag, an dem ich Jona kennengelernt habe und er diese Andacht über sexuelle Enthaltsamkeit gehalten hat. Und trotzdem hat er gestern nicht so gewirkt, als hätte er das nicht gewollt. Ganz im Gegenteil.

Ich hätte es verstanden, wenn er darauf beharrt hätte, warten zu wollen. Damit hatte ich doch gerechnet und irgendwie hätte ich es sogar ziemlich in Ordnung gefunden. Immerhin hat Jonas Andacht damals mich selbst ganz schön ins Zweifeln gebracht. Wenn er es gewollt hätte, dann hätten wir eben gewartet! Aber nun ist es anders gekommen und ich hatte das Gefühl, wir wollten das beide gleichermaßen.

Mein Kater Romeo springt mit einem Satz zu mir auf das Sofa und macht es sich auf meinem Schoß gemütlich. Irgendwie ist er immer da, wenn es mir schlecht geht und ich mir Gedanken mache. Als hätte er ein besonderes Gespür dafür.

„Es war kein Fehler, oder, Gott?" Ich weiß genau, welche Antwort ich darauf hören will, und ich fürchte, Gott weiß es auch.

Warum kann Jona nicht einfach anrufen und sagen, dass alles in Ordnung ist? Immerhin ist es ja nicht so, als wäre das nur von mir ausgegangen.

———

„Deine Laune ist nicht zum Aushalten!", beschwert sich meine Mutter am Montagabend, während sie Romeo füttert, der seit einer Viertelstunde um meine Beine schleicht und um Futter bettelt. Aber ich sitze wie festgenagelt am Küchentisch und rühre mich nicht vom Fleck.

Jona hat sich nicht gemeldet. Weder am Sonntagabend noch heute hat er angerufen. In der Schule habe ich ihn nicht gesehen. Entweder er ist mir aus dem Weg gegangen oder er war gar nicht da. Hat sich zu Hause in seinem Bett verkrochen und krank gespielt, damit er mich nicht sehen musste.

Augenblicklich fühle ich mich grauenhaft, weil ich etwas so Gemeines auch nur denke.

„Habt ihr euch gestritten?", will meine Mutter unbeholfen wissen.

„Wie kommst du darauf?", gebe ich patzig zurück.

„Na ja, Samstag wart ihr so verliebt … und jetzt sitzt

du hier herum wie ein Häufchen Elend und starrst das Telefon an, als hätte es etwas verbrochen."

„Kann schon sein."

„Mäuschen", sagt meine Mutter und will sich zu mir setzen, doch in diesem Moment klingelt es an der Haustür. Ich mache keine Anstalten aufzustehen, also geht meine Mutter.

„Für dich", meint sie, als sie zurückkommt. „Jona. Soll ich sagen, du wärst nicht da?"

„Nein!", rufe ich und bin sofort auf den Beinen. Am liebsten würde ich mich einfach in Jonas Arme werfen, als er mir im Treppenhaus entgegenkommt. Aber stattdessen küsse ich ihn nur flüchtig auf die Wange und wir gehen in mein Zimmer. Etwas an Jona ist anders und mit einem Mal habe ich nicht nur schreckliche Angst, dass er es bereut, mit mir geschlafen zu haben, sondern dass er sich vielleicht sogar wünscht, wir wären nie zusammengekommen. Dass er vielleicht nur gekommen ist, um Schluss zu machen.

Unschlüssig steht er mitten in meinem Zimmer. „Können wir ..." Er stockt. „... reden?"

Lieber würde ich davonlaufen, aber ich nicke trotzdem.

„Tut mir leid, dass ich ... dass ich mich nicht gemeldet habe." Zögerlich streckt er die Hand nach mir aus und ich ergreife sie, um sie ganz fest zu halten. Ich will *ihn* festhalten, damit er nicht gehen kann. „Mir ist so viel durch den Kopf gegangen."

„Bereust du es?", frage ich ohne Umschweife. „Das, was zwischen uns war, meine ich."

Jona sieht aus, als hätte ich ihm ins Gesicht geschlagen. „Nein", setzt er an. „Marie, nein. Ich ... ich liebe dich. Und ..."

„Glaubst du, dass es mir nur darum ging? Dass ich das die ganze Zeit über gewollt habe? Hast du dich deshalb nicht gemeldet?" Ich sollte ihn zu Wort kommen lassen, aber die Ängste, die zwei ganze Tage Zeit hatten, sich in meinem Kopf festzusetzen, sprudeln nur so aus mir heraus.

„So ein Quatsch", sagt Jona. „Das vorgestern … Mensch, es hat mir doch auch etwas bedeutet." Er zieht mich in eine etwas ungeschickte Umarmung. „Hat es wirklich."

„Aber?", frage ich an seiner Schulter.

„Kein aber", sagt er sanft. „Es ist nur ..."

Der Satz bleibt unvollendet. Jona schiebt mich ein Stück von sich, um mich anzusehen. „Es war schön, Marie." Sein Blick hat sich verändert und nur deshalb traue ich mich, ihn einfach zu küssen. Er bereut es nicht, das hat er gesagt. Und das sagt auch sein Kuss: dass die Nähe zwischen uns nichts Falsches sein kann, weil sie viel zu wunderbar ist.

Während Jona sanft meinen Nacken streichelt, vergesse ich fast meine Bedenken, die ich bis eben hatte. Aber auch Jona scheint entfallen zu sein, dass wir eigentlich reden wollten. Nicht nur die Situation zwischen uns, sondern auch Jona selbst scheint alle Arglosigkeit und Unschuld verloren zu haben, die ihn in meinen Augen so sehr von anderen unterschieden hat. Wir küssen uns bedenkenlos, wir streicheln uns gegenseitig und lösen uns nur kurz voneinander, weil ich die Tür zusperren muss, ehe ich zulasse, dass Jona mir das T-Shirt auszieht.

Meine Ängste sind wie weggeblasen. Wir dürfen diese ganze Sache nicht komplizierter machen, als sie ist. Immerhin gehört auch das zu einer Beziehung, oder etwa nicht?

Danach liegen wir wie am Samstag nebeneinander in meinem Bett, ich an Jonas Schulter geschmiegt und seine Wärme in mich aufnehmend. An Verhütung hat natürlich auch keiner von uns beiden gedacht. Und das trotz der ganzen Vorträge, die man doch in aller Ausführlichkeit im Biologieunterricht gehalten bekommt, und trotz der Warnung meiner eigenen Mutter. Bei meinen früheren Freunden ist es für mich ganz selbstverständlich gewesen, diese Ratschläge auch zu beherzigen. Aber Jona und ich, wir hatten ja nie vor, es – nun schon zum zweiten Mal – so weit kommen zu lassen!

Aber ich kann mir deshalb keine Sorgen machen, während ich Jona so dicht neben mir spüre und diese Nähe sich so richtig anfühlt. Er selbst starrt an die Decke und atmet stockend. Ich brauche eine halbe Ewigkeit, um zu bemerken, dass er weint.

„Was ist los?" Sofort löse ich mich von ihm und richte mich auf. Als ich ihn ansehe, dreht Jona sich von mir weg.

„Jona, was hast du?", beharre ich, obwohl ich weiß, dass ich die Wahrheit nicht hören will.

„Es tut mir so leid", ist das Einzige, was er sagt.

„Was tut dir leid?" Ich strecke die Hand nach ihm aus, berühre ihn aber nicht. Ich fühle mich wie im falschen Film.

„Das alles. Marie, ich wollte nie … Ich bin gekommen, um mit dir zu reden!"

„Wir können reden", sage ich hilflos. Aber ich weiß es besser. Jetzt habe ich endgültig alles kaputt gemacht, weil ich mich nicht zurückhalten konnte.

Jona setzt sich auf und wendet sich mir zu. Plötzlich fühle ich mich furchtbar unwohl in meiner Haut und ziehe mir die Decke bis zum Hals. Jona hat immer noch Tränen im Gesicht. „Scheiße", sagt er. Ich habe ihn noch nie fluchen hören. „Ich wollte das nicht. Ich wollte wirklich warten, ich … ich habe mich einfach verführen lassen, obwohl –"

„Verführen lassen?", platzt es aus mir heraus. Ich fühle mich schrecklich. Schuldig, bloßgestellt und ausgenutzt. Jonas Andacht von damals schießt mir durch den Kopf und allerhand andere Bilder, die damit so gar nicht übereinstimmen.

Jona bemerkt nicht einmal, dass ich unwillkürlich ein Stück vor ihm zurückweiche, bis ich auf der Bettkante sitze.

„Ich wollte warten. Marie, das wollte ich wirklich", redet er einfach weiter. „Du hast gesagt, du bereust das mit deinen Exfreunden und jetzt ... ich weiß gar nicht, was ich sagen soll."

„Dann sag nichts." Ich angle mir seine Klamotten vom Boden und werfe sie ihm zu, damit er sich anziehen kann. „Besser, du gehst jetzt", sage ich und meine Stimme klingt ziemlich eisig. Aber das muss ich mir nun wirklich nicht anhören. Dass ich ihn verführt hätte. Als hätte er überhaupt nichts dazu beigetragen! Der unschuldige, brave Jona aus dem Jugendkreis kann immerhin auch ganz anders.

„Ja, das ist vielleicht besser." Er ist schon an der Tür. Ich kann es einerseits nicht glauben, dass er wirklich geht, und andererseits kann ich es kaum erwarten, ihn nicht mehr ansehen zu müssen. Ich finde es furchtbar, was er eben gesagt hat. Ich finde es furchtbar, dass er so doppelmoralisch ist und jetzt wieder den frommen Pfarrerssohn heraushängen lässt. Aber ich weiß auch, dass es aus ist, wenn ich ihn jetzt gehen lasse. Und schon deshalb will ich ihn aufhalten, ganz egal, was er von mir denkt.

Aber ich tue es nicht.

Kapitel 24
Jona

Wenn ich gedacht habe, ich hätte mich am Montagabend, nachdem ich von Marie nach Hause gekommen war, schlecht gefühlt oder am Dienstag oder Mittwoch, dann ist das nichts im Vergleich dazu, wie es mir heute geht. Die vergangenen Tage habe ich mich durch die Schule geschleppt, ohne wirklich etwas vom Unterricht mitzubekommen, und in den Pausen habe ich versucht, Marie aus dem Weg zu gehen. Danach habe ich mich zu Hause auf mein Bett gelegt anstatt zu lernen oder sonst etwas zu unternehmen. Auch heute habe ich das so gemacht. Mit dem Unterschied, dass diesmal mein Vater in mein Zimmer kommt. Ich erschrecke mich ein bisschen, als er plötzlich neben mir steht.

„Wie geht's dir?", fragt er mich und lässt sich auf der Kante meines Bettes nieder. Eilig richte ich mich auf und setze mich neben ihn.

„Nicht so besonders", gebe ich zu, weil ich meinen Vater einerseits nicht anlügen möchte und es andererseits wohl sowieso offensichtlich ist.

„Das haben deine Mutter und ich auch bemerkt. Was ist passiert, Jonathan?"

Ich beiße mir auf die Unterlippe und halte kurz inne, bevor ich erwidere: „Ich habe Mist gebaut."

Mein Vater legt seinen Arm um meine Schultern.

„Willst du darüber reden?"

Einen Augenblick lang spiele ich ernstlich mit dem Gedanken, meinem Vater alles zu erzählen, doch ich würde vermutlich sowieso kein Wort über meine Lippen bringen. Ganz zu schweigen davon, dass ich mich viel zu sehr für meine Verfehlungen schäme, und dass ich das Marie nicht antun könnte.

„Ich kann nicht", antworte ich also und mein Vater nickt verstehend.

„Wenn du reden möchtest, sind deine Mutter und ich immer für dich da. Das weißt du. Und du weißt auch, dass Gott immer für dich da ist, oder?" Dann steht er auf und geht aus meinem Zimmer. Den Gedanken an Gott habe ich zu verdrängen versucht.

Das liegt daran, dass ich mich auch vor ihm so unglaublich schäme. Erst habe ich mit Marie geschlafen und dann habe ich es nicht einmal geschafft, mit ihr zu sprechen. Am Montagabend habe ich es noch für eine gute Entscheidung gehalten zu gehen, damit wir beide Zeit zum Nachdenken haben. Aber mittlerweile frage ich mich, ob ich über unsere gemeinsame Zukunft überhaupt noch nachdenken sollte. Wir sind nicht gut füreinander. Ich denke darüber nach, wie schrecklich eine Trennung wäre. Das ist sie immer, doch jetzt, wo wir uns so nahe waren, kommt sie mir noch grässlicher vor.

Den Abend über gehen mir immer und immer wieder die Worte meines Vaters durch den Kopf. Seine Zusicherung, dass Gott für mich da ist. Natürlich weiß ich das – doch es ist nicht immer leicht, es einzusehen. Trotzdem fange ich an diesem Abend zum ersten Mal seit der ganzen Sache mit Marie wieder an zu beten.

„Vater", beginne ich und schließe dann die Augen, damit mir das Sprechen leichter fällt. „Du weißt, dass ich ziemlich große Fehler gemacht habe. Ich habe wirklich immer vorgehabt, bis zur Ehe zu warten und jetzt habe ich es doch nicht geschafft. Aber ich liebe Marie so sehr! Und ich hatte mich viel zu wenig unter Kontrolle. Ich habe einfach gehandelt, ohne darüber nachzudenken, und es verpasst, mich an dich zu wenden, als mir meine Schwäche eigentlich schon längt aufgefallen ist. Ich habe es einfach total verbockt." Ich zögere, weil meine Stimme immer leiser geworden ist. Dabei möchte ich die Worte laut und unveränderbar aussprechen. Also räuspere ich mich. „Es tut mir leid, was ich getan habe, und ich bitte dich, mir zu vergeben. Ich bitte dich auch, mir zu vergeben, dass ich Maries Gefühle und ihr Vertrauen so ausgenutzt habe. Gerade weil ich sie liebe, hätte ich das nicht tun dürfen. Aber es ist passiert und egal, wie sehr ich es rückgängig machen will, ich kann es nicht." Als ich das ausspreche, ist es, als würde es mir jetzt erst wirklich klar. Ich kann nicht rückgängig machen, was geschehen ist, aber ich kann Gott darum bitten, meine Sünden von mir zu nehmen. Und mir zu helfen.

„Ich möchte dich auch darum bitten, dass du der Beziehung zwischen Marie und mir noch eine Chance ermöglichst. Wenn wir zusammen sein sollen, dann bitte mach, dass wir das trotz dieser ganzen Sache können. Weißt du, ich fände es einfach unerträglich, wenn jetzt alles kaputt wäre." Ich hole tief Luft und bete dann weiter; ich erzähle Gott alles, was seit Samstag passiert ist, auch wenn er sowieso alles mitbekommen hat. Ich bitte ihn um Klarheit darüber, was ich tun soll, und um Hilfe. Auch dabei, mich in Zukunft besser unter Kontrolle zu haben.

Als ich später meine Augen wieder öffne, fühle ich mich unglaublich erleichtert. Natürlich ist da immer noch die Sorge darum, wie es mit Marie und mir weitergeht, doch es ist, als hätte Gott die Last auf meinem

Herzen einfach weggenommen. Schließlich weiß ich, dass er alles zum Guten wenden wird – auch wenn ich noch nicht weiß, wie dieses Gute aussieht.

Am nächsten Morgen geht es mir schon viel besser. Ich frühstücke sogar gemeinsam mit meiner Familie, obwohl ich erst zur dritten Stunde Unterricht habe. Mein Vater lächelt, als er mich sieht, und dankt Gott beim Gebet vor dem Essen dafür, dass er immer an unserer Seite steht – womit er sich zweifelsohne auch auf unser Gespräch von gestern bezieht.

Nach dem Essen geht Sarah in die Uni, mein Vater trifft sich mit jemandem und meine Mutter bringt Paul in die Schule und Michi in den Kindergarten. Ich nutze die Gelegenheit, um mit Thomas zu telefonieren. Er hört sich zwar reichlich verschlafen an, aber als ich ihm nach einem kurzen Zögern erzähle, was zwischen Marie und mir vorgefallen ist, scheint er zu verstehen, wieso ich ihn geweckt habe. Ich habe schon in der Nacht beschlossen, Thomas ins Vertrauen zu ziehen, weil es einfach guttut, mit einem anderen Menschen darüber zu reden und weil ich Thomas immer alles erzähle.

„Und was hast du jetzt vor?", fragt er mich schließlich. In seiner Stimme ist keine Spur eines Vorwurfes zu hören, dabei weiß ich doch, dass auch er das, was ich getan habe, für falsch hält.

„Ich denke, ich muss mit Marie reden, oder? Meinst du, ich sollte heute Abend zu ihr gehen?" Die Schule ist schließlich sicherlich nicht der geeignete Ort für ein solches Gespräch. Allerdings frage ich mich auch, ob es wohl gut wäre, sie zu besuchen, wenn ich daran denke, was beim letzten Mal passiert ist, als ich das gemacht habe.

Thomas' Gedanken scheinen in eine ähnliche Richtung zu wandern: „Red doch am Freitag im Jugendkreis mit ihr", rät er. „Das ist dann quasi neutraler Boden." Ich beschließe, es genau so zu machen.

Dieser Beschluss gerät allerdings ins Wanken, als ich tags darauf ein bisschen verspätet in den Jugendkreis komme. Die Andacht hat zwar noch nicht angefangen, aber der Jugendraum ist schon recht gut gefüllt. Christopher und Lena sitzen am nächsten an der Tür und begrüßen mich gleich, als ich auch schon Marie entdecke. Sie sitzt mit Aaron in einer der Ecken und erklärt ihm etwas. Aaron nickt immer wieder verstehend und Marie sieht nicht so aus, als sprächen sie über ein angenehmes Thema. Augenblicklich wird mir heiß – was, wenn Marie Aaron erzählt, was zwischen uns passiert ist? Wenn auch er dann genau weiß, was ich alles getan habe? Klar, Gott weiß es, Marie weiß es und Thomas auch, aber ausgerechnet Aaron ins Vertrauen zu ziehen, halte ich für vollkommen daneben. Doch bevor ich mich weiter verrückt machen kann, fühle ich, wie mein bester Freund mich umarmt.

„Setz dich", fordert er mich auf, zieht mich dann aber eigenhändig neben sich auf ein Sofa. „Und hör auf, Marie so anzustarren. Aaron hat sie vorhin angesprochen. Wahrscheinlich, weil sie ausgesehen hat, als wäre sie der Tod höchstpersönlich. Aber jetzt kannst du das sowieso nicht mehr ändern. Abgesehen davon, dass es ihr sicherlich guttun wird, wenn sie mit jemandem reden kann." Thomas' Worte beruhigen mich ein wenig und ich bitte ihn, mir von seiner Woche zu erzählen, um mich abzulenken.

Bei der Andacht schaffe ich es, mich einigermaßen zu konzentrieren, aber schon beim Lobpreis wandert mein Blick immer wieder zu Marie hinüber, weil ich Angst vor dem Gespräch habe, das ich gleich mit ihr führen möchte. Nachdem das letzte Lied verklungen ist, spreche ich im Stillen noch ein kurzes Gebet, dann stehe ich auf. Ich sehe, dass auch Marie sich erhoben hat.

„Jona!", höre ich Ida rufen. Ich drehe mich zu ihr um und sie kommt auf mich zu, um wegen irgendetwas auf mich einzureden. Ich erfahre gar nicht, um was es geht, weil ich schon nach kurzer Zeit anfange, mich nach Marie umzusehen, aber sie scheint verschwunden zu sein.

„Tut mir leid", sage ich also schnell zu Ida, „aber ich habe jetzt wirklich keine Zeit." Mit diesen Worten durchquere ich eilig den Raum, doch als Nächstes kommt Aaron auf mich zu.

„Nicht jetzt", bitte ich ihn und höre mich sogar ein bisschen ruppig an, was mir augenblicklich leidtut.

„Nur ganz kurz", erwidert Aaron unbeeindruckt. Seine Hand legt sich auf meine Schulter und hindert mich daran, weiterzugehen.

„Ich habe vorhin mit Marie geredet. Ihr geht es wirklich sehr schlecht", erklärt er und sofort meldet sich mein schlechtes Gewissen. Aber ich nicke nur.

„Und ich weiß zwar nicht, was zwischen euch vorgefallen ist, aber ich denke, du solltest das wirklich mit ihr klären."

Wieder nicke ich.

„Weißt du, wo sie hingegangen ist? Ist sie schon nach Hause?"

Aaron verneint.

„Ich glaube, sie ist in der Küche."

Kaum hat er das gesagt, bin ich auch schon aus dem Jugendraum heraus.

Kapitel 25
Marie

Die ganze Woche über ist der Freitagabend mein Lichtblick gewesen, aber jetzt wünsche ich mir, ich wäre zu Hause geblieben und hätte mich versteckt. Als Jona vorhin den Raum betreten hat, wäre ich am liebsten in Tränen ausgebrochen und davongelaufen. Ich habe das Gefühl, dass ich ihn nie mehr werde ansehen können, ohne daran zu denken, dass ich alles kaputt gemacht habe.

Eigentlich habe ich doch von Anfang an gewusst, was Jona von vorehelichem Sex hält und das insgeheim gar nicht mehr so albern gefunden. Ich habe mich sogar ernsthaft gefragt, ob es nicht tatsächlich im Widerspruch zu meinem Glauben stehen könnte, alle diesbezüglichen Warnungen einfach in den Wind zu schlagen. Und die Bibelstellen, die Jona damals in seiner Andacht als Beispiele angeführt hat, kann ich nunmal auch nicht einfach vergessen.

Aber dann waren wir uns so nahe und mit einem Schlag habe ich alle guten Vorsätze vergessen. Und weil Jona mich auch nicht zurückgewiesen hat, dachte ich, es wäre schon in Ordnung und er sähe das alles wohl doch nicht ganz so eng. Immerhin ist eine Beziehung ja auch so etwas wie ein geschützter Raum, ein bisschen wie eine Ehe. Ich habe die ganze Zeit über total aus meinen Gedanken verbannt, dass er damit seine

Prinzipien verrät. Und ein Versprechen gegenüber Gott, sein Versprechen, bis zur Ehe zu warten.

Erst Jonas Reaktion hat mich aus der Illusion gerissen, es sei nichts dabei gewesen, dass wir der Sehnsucht nach Nähe nachgegeben haben.

„Vater, ich war so blöd." Ich sitze auf einem der Getränkekästen in der Küche, wohin ich mich zurückgezogen habe, damit ich Jona nicht gegenübertreten muss. „Ich wollte ihm doch nicht wehtun. Und ich wollte doch auch nicht, dass er meinetwegen vor dir schuldig wird."

Die ganze Zeit über habe ich nichts Falsches daran gefunden, aber jetzt fühlt es sich tatsächlich an wie Schuld. Jetzt, wo alles den Bach hinuntergegangen ist und ich Jona enttäuscht habe. Und wohl auch Gott. „Es tut mir so –"

Ich verstumme schlagartig, als Jona hereinkommt. Fast lautlos schlüpft er in den kleinen Raum und schließt die Tür hinter sich. Mir fällt auf, dass er so viel Abstand wie möglich zu mir hält. Gleich neben der Tür lehnt er sich an die Arbeitsfläche und ringt eine Weile sichtlich nach Worten.

„Marie, es tut mir echt total leid", sagt er nach einer Weile, ohne mich dabei anzusehen.

„Das, was zwischen uns war?", frage ich, während ich die Bodenfliesen betrachte.

„Ja, das auch. Und es tut mir leid, dass ich so lange nicht mit dir gesprochen habe. Wir müssen darüber reden, Marie. Weil … weil ich dich nämlich nicht verlieren will. Ich will immer noch mit dir zusammen sein."

Als ich den Kopf hebe und Jona ins Gesicht schaue, kann ich sehen, dass er das gar nicht hat sagen wollen, zumindest noch nicht. „Aber wir müssen das klären", fügt er beinahe flehend hinzu.

Ich nicke nur.

„Du weißt, dass ich eigentlich habe warten wollen." Er tritt einen Schritt auf mich zu, hält dann aber zögernd inne. Ich kann mich einfach nicht überwinden, mich zu erheben und ihm in die Augen zu sehen.

„Ich weiß", murmle ich. „Aber ich hatte das auch nicht so geplant." Ich klinge, als wolle ich mich verteidigen. Aber irgendwie habe ich dazu auch allen Grund.

„Marie, als ich gesagt habe, ich hätte mich verführen lassen ..." Er geht neben mir in die Hocke, damit wir nun doch auf Augenhöhe sind. „Ich meinte doch nicht von dir! Dazu gehören ja wohl immer zwei. Ich habe dich genauso in diese Sache mit hineingezogen wie du mich. Ich meinte, ich habe mich von meiner eigenen Schwäche dazu verführen lassen, etwas zu tun, von dem ich wusste, dass es falsch war." Jonas Gesicht spiegelt Erleichterung wider, als er das ausgesprochen hat.

„Ich wollte nicht, dass du meinetwegen –"

Er unterbricht mich. „Wir haben beide einen Fehler gemacht. Irgendwie können wir ihn einander gar nicht vorhalten."

Ich beiße mir auf die Unterlippe und überlege, wie ich Jona erklären soll, dass es mir bisher einfach nicht wie ein Fehler vorkam. Und jetzt ist es vielleicht zu spät für diese Einsicht, weil ich schon so viel kaputt gemacht habe. Wir hätten vorher offen miteinander über dieses Thema sprechen und unsere Erwartungen klären sollen, dann wäre es vielleicht nie so weit gekommen.

„Hat unsere Beziehungen denn überhaupt noch eine Chance?" Meine Stimme zittert und ich befürchte, jeden Moment in Tränen auszubrechen. Als Jona mich zaghaft in seine Arme schließt, gebe ich ihnen nach. Die zentnerschwere Last, die ich tagelang mit mir herumgeschleppt habe, fällt von meinen Schultern.

„Ich dachte, ich habe alles kaputt gemacht. Ich dachte,

ich verliere dich", schluchze ich in Jonas Shirt. „Mensch, Jona, dabei liebe ich dich wirklich."

Jona streichelt mir über das Haar und drückt mich an sich. Ich schlinge meinerseits die Arme um ihn, damit wir einander ganz fest halten können.

Aaron strahlt uns an, als wir später gemeinsam mit den anderen im Jugendraum sitzen und uns ganz vorsichtig an den Händen halten, fast als würde mehr Nähe das Glück zwischen uns zerstören. Während ich mit Lena und Christopher rede, schaue ich immer wieder kurz zu Jona, nur um zu wissen, dass er noch da ist und dass alles in Ordnung ist. Wenn er dann lächelt, könnte ich vor Glück weinen.

Ich weiß aber auch, dass es ganz so einfach, wie es scheint, nicht ist.

„Wir müssen uns klare Grenzen setzen", sagt Jona, als wir uns zum wiederholten Mal voneinander verabschieden, weil wir es einfach nicht fertigbringen, uns voneinander zu trennen.

„Das kriegen wir hin", erwidere ich trotz meiner Bedenken und schließe nach einem letzten Kuss endlich die Haustür auf. „Schlaf gut."

Jona lächelt. Er sieht aus, als wolle er noch etwas sagen, aber er tut es nicht, sondern winkt mir nur noch einmal zögerlich zum Abschied zu. Ich erwidere sein Lächeln und schicke ein stilles Gebet zu Gott. Ich bitte ihn, uns die Kraft zu geben, wieder aufzubauen, was unser vorschnelles Handeln zerstört hat. Dieses Mal – das nehme ich mir fest vor – will ich es nicht wieder vermasseln. Vielleicht ist es ja doch noch nicht zu spät, meine Prinzipien neu zu überdenken und diese Beziehung so zu führen, wie Gott es vorgesehen hat.

„So hast du es doch vorgesehen, Herr, nicht wahr?", flüstere ich, nachdem ich die Tür hinter mir geschlossen habe. Und obwohl dieser Gedanke mir nicht völlig neu ist, lasse ich ihn doch in diesem Moment zum ersten Mal wirklich an mich heran.

Kapitel 26
Jona

Marie und ich setzen uns in den darauffolgenden Tagen wirklich klare Grenzen; nachdem sie am Sonntag mit uns in der Kirche war und bei uns zu Mittag gegessen hat, sind wir in mein Zimmer gegangen und haben uns unterhalten. Leise zwar, weil die Tür offen stand, aber dafür waren unsere Worte ziemlich deutlich.

„Wir müssen einfach aufpassen, dass wir nicht mehr in so verfängliche Situationen kommen", habe ich zu Marie gesagt und sie hat genickt. „Ich meine, wir sollten uns vielleicht nicht mehr bei dir treffen, wenn deine Mutter nicht zu Hause ist. Und wir sollten die Tür offen lassen. Klar ist das irgendwie unangenehm, aber ..."

„Ich weiß", hat Marie mich unterbrochen. „Wenn das nötig ist, dann machen wir es so. Zumindest bis wir uns selbst mehr vertrauen können."

„Wir sollten auch das ...", ich habe gezögert und nicht genau gewusst, wie ich es sagen sollte, ohne mich blöd anzuhören. „Ich denke, wir sollten uns nicht mehr so ... anfassen." Dieser Satz ist mir ziemlich schwergefallen, gerade weil ich es doch so sehr mag, Marie zu berühren. Natürlich heißt das nicht, dass ich sie gar nicht mehr berühren darf, aber – ich verbiete mir diesen Gedanken. Das fällt vor allem leichter, nachdem wir gemeinsam um Gottes Unterstützung bei der Einhaltung unserer neuen Grenzen gebetet haben und darum, dass er unserer wegen unseres Fehlers etwas wackeligen Beziehung Halt gibt. Anders als bei unserem ersten gemeinsamen Gebet mit Aaron hat Marie dieses Mal laut gebetet, was mir gleich noch ein wenig mehr Hoffnung gegeben hat.

In den darauffolgenden drei Wochen habe ich das Gefühl, Marie näher denn je zu sein, auch wenn wir wirklich darauf achten, nicht mehr allein zu sein oder weiterzugehen, als es für uns gut ist. Aber wir achten dafür sehr auf den anderen, kuscheln und halten Händchen, während wir uns von unserem Alltag, unserem bisherigen Leben und unseren Gedanken erzählen. Dass wir miteinander geschlafen haben, sparen wir gänzlich aus unseren Gesprächen aus und das ist wohl auch das Beste so. Immer noch bildet sich in meinem Magen ein Knoten, wenn ich daran denke. Und vor allem, wenn mir klar wird, wie sehr wir damit unsere Beziehung aufs Spiel gesetzt haben. Schließlich tut es alles andere als gut, eine solch enge Bindung einzugehen, die aber ansonsten kein Fundament hat.

Es ist Dienstag, als ich die heute ein bisschen schweigsame Marie mit dem Auto abhole, um zur Residenz zu fahren, in deren Garten wir spazieren gehen wollen. Es ist ein ungewöhnlich warmer Herbsttag und wir können unsere Jacken offen lassen. Unter ihrer trägt Marie einen weiten meeresblauen Pullover, der ihre Augen noch mehr strahlen lässt. Dazu fallen ein paar kräftige Sonnenstrahlen auf ihr Haar, das sich vor meinen Augen in flüssige Seide verwandelt.

„Was schaust du denn so?", fragt sie schmunzelnd, als wir über die Stufen in den oberen Teil des Gartens laufen.

„Nichts", gebe ich zurück und lächle. „Du siehst nur einfach wunderschön aus."

„Danke." Maries Stimme hört sich an, als wäre ihr dieses Kompliment ein wenig peinlich, aber das bringt mich nur noch mehr zum Grinsen.

„Du siehst heute auch ganz passabel aus", feixt sie dann und ich bleibe stehen, um sie gespielt empört anzusehen.

„Ganz passabel?", echoe ich und verschränke die Arme vor der Brust. „Nicht ein winzig kleines bisschen besser?"

Nun tritt Marie einen Schritt zurück und betrachtet mich von oben bis unten. Dabei ist ihr Blick konzentriert und sie legt ihre Stirn in Falten. Schließlich sieht sie mich mit Schalk in den Augen an. „Na ja, vielleicht auch ganz nett."

„Nett? Bitte? Sag das noch mal!"

Marie zuckt mit den Schultern. „Nett", wiederholt sie und lacht vergnügt, bevor sie sich schnell umdreht und losrennt.

„Na warte!", rufe ich. Ich setze ihr nach und so kommt es, dass wir quer über die Treppen jagen, um einzelne runde Engelsfiguren aus Stein herum und über die Wiese, über die man sicher nicht laufen darf. Trotzdem erwische ich Marie irgendwann und schließe sie fest in meine Arme. Wir sind beide ganz schön außer Atem.

„Jetzt gib zu, dass ich gut aussehe", keuche ich, um auf unsere vorherige Diskussion zurückzukommen.

„Na gut …", Marie muss erst einmal tief durchatmen. „Du siehst gut aus. So gut, dass ich dir hoffnungslos verfallen bin."

„Nur deswegen?" Ich frage das, obwohl ich die Antwort darauf natürlich kenne.

„Nein", sagt meine Freundin trotzdem. Dann küssen wir uns. Und irgendwie scheint die lockere Stimmung plötzlich zu kippen, denn ehe ich mich versehe, wird unser Kuss länger und länger und wahrscheinlich viel zu intensiv. Meine Hand wandert beinahe automatisch seitlich in Maries Jacke und ich ziehe sie enger an mich. Mein Kopf ist wie leer gefegt und meine Sinne benebelt.

„Jona", sagt Marie nach einer Weile und löst sich ein bisschen von mir. Sofort überbrücke ich den Abstand wieder, um sie erneut zu küssen.

„Jona!" Maries Stimme hört sich auf einmal recht ernst an, was mich dazu bringt, die Augen zu öffnen. Sobald ich in Maries Gesicht sehe, weiß ich, dass ich wieder zu weit gegangen bin. Schnell bringe ich noch ein paar Zentimeter Abstand zwischen uns.

„Tut mir leid", murmle ich und sehe zu Boden. Ich schäme mich dafür, so unbeherrscht zu sein.

„Kein Problem. Aber …" Marie führt den Satz nicht zu Ende, doch das muss sie auch nicht. Ich kann mir vorstellen, was sie sagen wollte: Wir haben uns klare Grenzen gesteckt und das macht man nicht, wenn man sie befolgen will.

Unser restlicher Spaziergang verläuft recht ruhig. Wir reden über die Schule und halten uns dabei nur an den Händen. Lediglich als ich mich vor ihrer Wohnungstür von Marie verabschiede, küssen wir uns flüchtig auf die Lippen.

„Bis morgen Nachmittag. Also, wenn wir uns nicht in der Schule sehen", sage ich. Ich will mich schon zum Gehen umwenden, da erwidert Marie: „Ich kann morgen nicht. Tut mir leid, das habe ich ganz vergessen."

Augenblicklich macht sich Enttäuschung in mir breit.

„Wieso denn nicht?"

„Ich muss was in der Stadt erledigen." Maries Antwort kommt schnell und ich würde total gerne nachhaken und fragen, was sie in der Stadt zu erledigen hat, aber ich habe das Gefühl, dass Marie nicht darüber reden will. Was natürlich ihre eigene Entscheidung ist, die ich akzeptieren muss, wenn sie sich nicht entschließt, es mir doch zu erzählen.

Kapitel 27
Marie

Also doch. Am Vortag bei unserem Spaziergang und der übermütigen Verfolgungsjagd ist es so leicht zu leugnen gewesen. Unsere Beziehung ist mir so unschuldig vorgekommen und wir selbst sind mir unwirklich jung erschienen. Dabei habe ich es schon geahnt.

Als die Tür hinter mir ins Schloss fällt, verschwindet die Taubheit, die sich während des Gesprächs mit dem Frauenarzt über mich gelegt hat, und mein Umfeld kommt mir plötzlich schrecklich laut vor. Der Lärm der Straße und der vorbeilaufenden Menschen, die unerträgliche Eile, das Brummen, Dröhnen und Geschrei. Am liebsten würde ich mir die Ohren zuhalten.

Ich bin schwanger. Wie ich den Satz auch drehe und wende, er wird und wird nicht logischer oder weniger erschreckend. Ich habe mir das Gefühl bei einer solchen Nachricht anders vorgestellt. Egal wie ungelegen es kommt, ich dachte, ein bisschen müsse man sich trotzdem freuen. Ob meine Mutter sich wohl so gefühlt hat, als sie erfuhr, dass sie mit mir schwanger war?

Ich muss wieder an Jonas Andacht über vorehelichen Sex denken. „Das kommt davon, wenn man sich nicht unter Kontrolle hat", hätte der Jona gesagt, für den ich ihn damals gehalten habe. Aber jetzt betrifft es ihn genauso wie mich. Wie soll ich ihm das nur beibringen?

Jemand rempelt mich an, weil ich nicht auf meinen Weg achte. Ich stolpere und fasse mir unwillkürlich an den Bauch. Er fühlt sich so normal an, aber trotzdem ziehe ich die Hand hastig zurück. Mir ist übel.

Es ist drei Uhr und in spätestens einer Stunde wird Jona anrufen. Ich sehe zu, wie mir die Straßenbahn vor der Nase wegfährt und beschließe, nicht auf die nächste zu warten. Ich will nicht mit ihm reden. Nicht weit von der Straßenbahnstation entfernt befindet sich eine Kirche, die ich noch nie betreten habe. Sie kommt mir sehr katholisch vor, als ich nun durch die Stille des Kirchenschiffs schleiche. Viel Gold, eine Marienstatue. Die heilige Jungfrau Maria. Ich umklammere mit einer Hand das Handgelenk der anderen, als wolle ich mich selbst festhalten.

Es ist eine kleine Kirche und niemand ist hier. Zum Glück nicht. Ich ertrage schon meine eigene Anwesenheit kaum. Und die Anwesenheit eines winzig kleinen Lebens, das unbemerkt überall ist, wo ich bin.

Im Deutsch-Leistungskurs lesen wir jetzt Goethes „Faust". Während ich unter den großen Buntglasfenstern stehe, durch die schillernd die Sonne in das Halbdunkel der Kirche fällt, muss ich an die Protagonistin – Gretchen – denken, die in einer Szene im Dom von einem bösen Geist verfolgt wird, der sie an ihre verlorene Unschuld erinnert und an das Kind in ihrem Bauch.

Ich presse mir die Hände an die Stirn und stoße keuchend den Atem aus. Das alles muss ein Albtraum sein. „Oh Gott, das darf einfach nicht wahr sein. Lass es nicht wahr sein!" Gott kann immerhin alles. Warum also nicht auch das, was der Arzt gesagt hat, ein Missverständnis sein lassen. Auch Ärzte können sich täuschen, nicht wahr?

„Bring es wieder in Ordnung, bitte, Gott." Ich wiederhole den Satz mehrmals, verdränge den Gedanken an Gretchen und den bösen Geist und flehe Gott an, etwas zu unternehmen. „Ich werde alles anders machen. Ich verspreche es. Jona und ich, wir haben uns vorgenommen, uns bis zur Ehe zurückzuhalten." Vielleicht haben wir einen Fehler gemacht, aber wir haben ihn doch eingesehen. Warum muss so etwas dann ausgerechnet uns passieren? Ist das Gottes Art, uns zu zeigen, dass wir selbst verantwortlich sind für unsere falschen Entscheidungen? Das kann er einfach nicht machen. Nicht jetzt, wo wir dabei sind, alles anders anzugehen und wieder in Ordnung zu bringen.

———

Ich komme erst spät nach Hause. Meine Mutter sitzt in der Küche und isst allein zu Abend. „Ist spät geworden bei dir", begrüßt sie mich. „Magst du etwas essen?"

Ich stehe im Türrahmen und schüttle den Kopf. Meine Mutter kennt meine Situation ganz genau. Dennoch komme ich nicht auf die Idee, dass ich mich ihr gerade deshalb anvertrauen sollte. Eben weil sie weiß, wie es ist, wird sie kein Verständnis haben. Ich habe ihr ihre Jugend ruiniert und sie würde durchdrehen, wenn sie wüsste, dass ich ihren Fehler auch noch wiederholt habe.

Aber vielleicht muss ich es ihr gar nicht sagen. Der Gedanke kommt mir ganz plötzlich.

„Was ist los?", fragt meine Mutter und unterbricht damit meinen Gedankengang. Mir wird eiskalt und dann unangenehm warm. Ich habe das Gefühl, mein Gesicht glüht. Kann meine Mutter es mir ansehen?

„Nichts", winke ich ab. „Mir geht's nur nicht so gut." Das ist nicht einmal gelogen. Ich fühle mich ganz wackelig auf den Beinen. „Ich lege mich ins Bett."

Sie lässt mich gehen und stört mich auch nicht, nachdem ich mich in meinem Zimmer verkrochen habe. Nur einmal öffnet sie kurz die Tür einen Spaltbreit, damit Romeo hereinhuschen und zu mir aufs Bett springen kann, wo er sich zu einem schnurrenden Ball zusammenrollt.

Der Gedanke, der mir beim Gespräch mit meiner Mutter gekommen ist, setzt sich in meinem Kopf fest. Vielleicht muss sie es nicht erfahren. Vielleicht muss ich es auch Jona nicht sagen. Es ist meine Entscheidung. Und wenn ich das Kind nicht will, dann muss Jona nicht einmal wissen, dass unser gemeinsamer Fehler nicht ohne Folgen geblieben ist.

Kapitel 28
Jona

Als ich am Donnerstag mit dem Lernen fertig bin, bleibt mir noch eine knappe Stunde, bis Marie um vier zu mir kommt. Gestern habe ich sie nicht mehr erreicht, aber wir haben uns heute in der Pause getroffen.

„Ich glaube, ich werde krank", hat Marie gesagt. „Ich habe mich gestern früh hingelegt." Auch heute hat sie noch ziemlich blass ausgesehen, aber wir haben trotzdem ausgemacht, uns am Nachmittag zu treffen, um uns den Film anzuschauen, den ich mir von Thomas geliehen habe.

Ich beschließe, bis Marie kommt, zu Paul und Michi in ihr Zimmer zu gehen, wo sie damit beschäftigt sind, aus Lego ein Flugzeug samt Flughafen zu bauen. Meine Brüder sind in letzter Zeit wirklich zu kurz gekommen, denn wenn ich nicht gerade etwas für die Schule gemacht habe, habe ich mich mit Marie getroffen oder sogar mit ihr telefoniert, obwohl ich es noch genauso wenig wie früher mag, dabei im Flur zu stehen.

„Soll ich euch helfen?", frage ich also, während ich mich zwischen die auf dem Boden ausgekippten Legosteine setze.

„Klar", sagt Paul und hebt eine Handvoll Steine vom Boden auf, die er mir demonstrativ hinhält. „Du kannst mal versuchen, die Flügel zu bauen. Die müssen ungefähr so groß werden." Mit beiden Händen bildet er ein Rechteck, das ungefähr das Format eines kleinen Heftes hat. Dabei fallen die Legosteine runter, was aber bei dem Durcheinander kaum auffällt.

Also mache mich daran, die Flügel zu bauen, wobei ich Paul und Michi auch ein bisschen helfe, den Rumpf des Flugzeuges fertig zu machen sowie eine breite Start- und Landebahn.

„Ich würde auch gerne mal fliegen", gesteht Michi nach einer Weile. Ich muss lächeln, denn das ist etwas, was ich mir als Kind auch oft gewünscht habe.

„Dann musst du Pilot werden", rät Paul seinem kleinen Bruder, bevor er sich an mich wendet: „Wie wird man Pilot, Jona?"

Ich fange an, ihnen ein paar Dinge zu erklären, die ich mehr oder weniger weiß, auch wenn ich ihnen weder die Ausbildung noch die Anforderungen genau erklären kann. Aber das merken die beiden natürlich nicht. Sie geben sich damit zufrieden, dass sie gute Noten brauchen und schnell reagieren können müssen.

„Willst du auch Pilot werden?", frage ich Paul, der mir fast noch mehr als Michi an den Lippen hängt. Er schüttelt aber den Kopf.

„Nein", sagt er. „Ich werde Pfarrer. Genau wie Papa. Wie wird man Pfarrer, Jona?" Doch in diesem Moment klingelt es an der Tür und ich springe auf.

„Ist das die Marie?", fragt Michi und ich nicke und sage, dass wir ein andermal weiterspielen. Doch kaum bin ich durch die Tür hindurch, rennen Michael und Paul mit Indianergebrüll an mir vorbei und stürzen nach unten an die Haustür. Ich komme erst in den Gang, als sie sie schon aufgerissen haben.

„Hallo, ihr beiden!", sagt Marie und entdeckt mich kurz danach am anderen Ende des Flurs.

„Du kannst jetzt nicht zu Jona", sagt Paul, bevor

Marie auch nur ihre Jacke oder ihre Schuhe ausziehen kann. „Er muss mit uns spielen. Aber du kannst gerne mitspielen, wenn du magst." Schnell durchquere ich den Flur und lege eine Hand auf Pauls Schulter. „Tut mir leid, Paulchen, aber Marie und ich wollen uns einen Film anschauen."

Michis Augen werden sofort ganz groß. „Einen Film? Darf ich mitgucken?"

Ich schüttle allerdings den Kopf. „Der gefällt euch sowieso nicht."

„Wieso?"

„Da geht's um einen Jungen, der ein Mädchen total gerne hat", erkläre ich und werfe dann Marie einen provokant-schmachtenden Blick zu. „Und Marie und ich werden die ganze Zeit Händchen halten und sagen, wie schön die Geschichte ist." Ich grinse meine Freundin an, während meine Brüder unisono ein „Ihhhh!" verlauten lassen und wieder in ihr Zimmer rennen.

„Und wir halten uns wirklich die ganze Zeit an der Hand?", fragt Marie, als wir ins Wohnzimmer gehen.

———

Zwar halten wir uns nicht an den Händen, während wir die nächsten anderthalb Stunden auf dem Sofa sitzen, aber ich habe den einen Arm um Maries Schulter gelegt und die andere Hand liegt auf ihrem Oberschenkel, wo sie fantastische Muster zeichnet. Die Geschichte des Films fesselt mich sehr und ich bin wie gebannt, zumindest bis zu dem Punkt, als die beiden Protagonisten miteinander schlafen. Die Szene ist sehr diskret dargestellt und es wird mehr angedeutet als gezeigt, aber trotzdem wird mir sofort unwohl, gerade weil ich Maries Körper so nah neben meinem spüre. Ich nehme meine Hand von ihrem Oberschenkel und überlege ernsthaft, ob ich nicht einen Moment nach draußen gehen sollte, so peinlich berührt fühle ich mich. Weil mir das aber übertrieben vorkommt, wende ich meinen Blick nur ab und ein paar Minuten später traue ich mich auch wieder, mit meiner freien Hand Marie zu berühren, wobei ich sie jetzt ganz ruhig zu ihren Händen auf ihren Bauch lege. Sie sind wie immer viel kälter als meine, aber auch viel weicher und sanfter.

Eine der nächsten Szenen zeigt schließlich die Protagonistin, wie sie herausfindet, dass sie schwanger ist. Dieser Moment geht mir besonders nahe, denn auch wenn ich weiß, dass es nur ein Film ist, wirkt die Schauspielerin tatsächlich, als würde sie sich total über diese Nachricht freuen. Sie strahlt und lacht und streichelt sich über den Bauch. Ich bin noch ganz in diesen Emotionen gefangen, als ein Ruck durch Marie geht und sie unvermittelt aufsteht.

„Willst du …", ihre Stimme ist brüchig und im Halbdunkel wirkt ihr Blick gehetzt. „Willst du auch was trinken? Ich habe totalen Durst. Ich hol schnell was aus der Küche."

„Geht's dir nicht gut?", frage ich sofort besorgt. Was hat sie denn plötzlich? War es vielleicht doch keine gute Idee, dass sie hergekommen ist? Hat sie doch noch mehr mit ihrer anfliegenden Erkältung zu kämpfen, als sie vorhin zugegeben hat?

„Nein. Es ist alles bestens", antwortet Marie. Nur glaubwürdig hört sie sich dabei nicht an. Zumal auf dem Tisch direkt vor uns eine noch fast volle Wasserflasche steht.

Kapitel 29
Marie

Jona hat allen Grund, misstrauisch zu sein, und er ist es auch. Das ist das Erste, was ich in seinen Augen sehe, als ich ihn am Freitag begrüße. Vielleicht ist es aber auch nur Sorge, weil ich noch etwas kränklich aussehe – immerhin habe ich in den letzten Nächten kaum Schlaf gefunden. Jona ist so gutmütig und vertrauensvoll, dass ich ihm sogar zutraue, dass es wirklich nur Sorge ist.

„Wie geht es dir?", fragt er, als ich neben ihm im Auto sitze. Es klingt nicht wie eine Floskel.

„Ganz gut." Ich habe mir vorgenommen, so zu tun, als wäre alles ganz normal, nur deshalb bleibe ich nicht zu Hause, sondern gehe mit Jona in den Jugendkreis. Am Donnerstag habe ich einen Termin bei einer Beratungsstelle. Alles in mir sträubt sich dagegen, dorthin zu gehen, aber ich weiß, dass das der Preis ist, damit mein Leben so weitergehen kann wie bisher und damit Jona und ich den Fehler, den wir gemacht haben, einfach vergessen können.

Ich finde den Gedanken schrecklich, dass ich damit schon wieder etwas tue, das Gott ganz sicher nicht gefällt. Aber diese Überlegung verdränge ich, denn jeder Gedanke an Gott löst in mir Schuldgefühle aus. Ich kann ihm nicht einmal sagen, was in mir vorgeht. Es ist, als würde mich eine gewaltige Mauer von ihm trennen und deshalb kann ich weder zu ihm beten noch ihn um Rat fragen. Zumal ich weiß, dass jeder Mensch von ihm gewollt und geschaffen ist und so auch dieses Kind.

Andererseits weiß doch wohl jeder, der im Biologieunterricht auch nur halbwegs aufgepasst hat, dass man noch gar nicht von einem Kind sprechen kann. Zwei menschliche Zellen haben sich verbunden und teilen sich jetzt immer wieder, bis eine ganze Vielzahl an Zellen entstanden ist. Aber das macht alles noch kein Leben aus.

„Hast du Lust, morgen zu mir nach Hause zu kommen?" Jona spürt meine Anspannung und ist bemüht, sie zu lösen. „Wir könnten uns einen ganz ruhigen Nachmittag machen. Mit Michi und Paul Brettspiele spielen oder einfach –"

„Ich muss lernen." Am liebsten würde ich das ganze Wochenende nichts anderes machen, als zu schlafen. Ich fühle mich unendlich erschöpft.

„Schade", sagt Jona und lächelt mir zaghaft zu. Ich schaue weg, weil ich Angst habe, die Unsicherheit in seinem Lächeln zu sehen und weil ich insgeheim weiß, dass ich Jona Unrecht tue, indem ich ihm verschweige, was los ist.

„Ich bin sowas von froh, euch ausgerechnet zu diesem Thema etwas sagen zu dürfen." Ida sitzt auf dem Hocker vor dem Schlagzeug und plappert munter drauflos. „Man denkt immer, die Zehn Gebote sind die absolute Grundlage, aber wenn man sie sich genauer anschaut, ist man immer wieder überrascht."

Ich für meinen Teil bin immer wieder überrascht, wie viele Worte Ida zwischen zwei Atemzügen unterbringt. Heute habe ich immense Probleme, ihrem Tempo zu folgen.

„In der Schule lernt man heutzutage, dass die Gebote über lange Zeit zusammengetragen wurden und dass man sie Gott zugeschrieben hat, um ihnen allgemeinen Geltungsanspruch zu geben." Sie holt Luft. „Aber wenn ihr mich fragt, ist das Quatsch. In der Bibel steht, sie kommen von Gott, und damit Schluss. Was wir nicht bestreiten können, ist, dass die meisten Gebote dazu da sind, die Schwachen vor Willkür zu schützen. Indem sie zum Beispiel jedem, auch den Sklaven, einen arbeitsfreien Tag, den Sabbat, zugestehen."

Ich presse meinen Rücken gegen die Sofalehne und schließe die Augen. Mir ist schwindlig – hoffentlich nur eine Folge des Schlafmangels. Ich weiß nicht, wie man sich normalerweise fühlt, wenn man schwanger ist, und meine Mutter kann ich nicht fragen.

„... dann ist das eben so. Und ich glaube schon, dass das ein Problem darstellen kann. Mit manchen Geboten ist das ja so eine Sache. Zum Beispiel sagt man, das Gebot ‚Du sollst keine anderen Götter haben neben mir' setze die Existenz anderer Götter voraus. Aber ..."

Ich kann Idas Stimme nicht ausblenden. Warum bin ich nicht einfach zu Hause geblieben? Von Zeit zu Zeit spüre ich Jonas besorgte Blicke und gebe mir deshalb Mühe, mich ganz normal zu verhalten.

„Ich glaube trotzdem, wir müssen die Gebote ganz wörtlich nehmen. Ja, sogar noch mehr. Wenn es heißt ‚Du sollst nicht falsch Zeugnis reden wider deinen Nächsten', dann heißt das nicht nur, dass wir vor Gericht keine Falschaussagen machen sollen. Manchmal übersetzt man ja auch ‚Du sollst nicht lügen' und dazu gehört noch viel mehr. Wenn man absichtlich die Wahrheit verschweigt, kann das auch schon eine Lüge sein und sehr schlimme Folgen haben."

Ich wünschte wirklich, ich wäre nicht hergekommen. Die Wahrheit zu verschweigen ist auch lügen. Es stimmt, ich belüge Jona, indem ich ihm nicht sage, dass in meinem Bauch ein Kind zu wachsen begonnen hat, das auch seines ist.

Während Ida weiterredet, kann ich nur noch an diese eine Aussage denken und das sorgt nicht gerade dafür, dass es mir besser geht. Ich kann Jonas Anwesenheit und seine Blicke kaum ertragen. Wenn er wüsste! Dann wäre er nicht besorgt um mich, sondern um das Kind. Den Embryo, korrigiere ich mich in Gedanken. Nur menschliche Zellen, aus denen eben irgendwann Leben werden würde.

„Und es heißt auch ,Du sollst nicht töten'", dringt Idas Stimme wieder in mein Bewusstsein. „Man sagt hier, dass das nicht das Töten im Krieg miteinschließt, sondern dass nur das kaltblütige Morden aus Rache gemeint ist. Ich glaube trotzdem, dass man andere Motive haben kann als Rache und trotzdem gegen dieses Gebot verstößt. Jesus sagt in der Bergpredigt sogar ..."

Ich verschränke fest die Arme vor der Brust und drücke sie gegen meinen Körper, um die Übelkeit zu unterdrücken. Warum sagt Ida das ausgerechnet jetzt? Es ist fast, als wüsste sie, was ich verheimliche und vorhabe. Ich versuche krampfhaft, mich wieder zu beruhigen: Das, was da in mir wächst, ist doch noch nicht wirklich lebendig. Es atmet noch nicht, es hat noch nicht einmal einen Herzschlag. Man kann nichts töten, das nicht wirklich lebt.

Ich wünschte nur, ich könnte irgendjemanden um Rat fragen! Einen Moment lang überlege ich ernsthaft, ob ich Ida nach ihrer Andacht abfangen und sie fragen soll, ob sie glaubt, Abtreibung sei auch Mord. Aber eigentlich will ich ihre Antwort gar nicht hören.

Als wir mit dem Lobpreis beginnen und einige dazu

aufstehen, nutze ich die Gelegenheit, um von Jona wegzukommen. Ich stehe nahe der Tür und weiß genau, dass er zu mir herübersieht. Aber ich drehe mich nicht zu ihm um, sondern versuche nur, gleichmäßig und ruhig zu atmen. Gleich wird es wieder besser werden. Ich muss mich nur auf die Lieder statt auf die beunruhigenden Gedanken und die Übelkeit konzentrieren.

Aber es hilft nichts. Die orangefarbenen Lichterschläuche scheinen zu flackern und die an die Wand projizierten Liedtexte verschwimmen vor meinen Augen. Mir ist entsetzlich schwindlig. Was ist nur los mit mir? Irgendetwas ist ganz und gar nicht in Ordnung. Was, wenn das doch nicht normal ist, wenn es keine ganz gewöhnliche Auswirkung der Schwangerschaft ist? Ich fühle, wie Panik in mir aufsteigt.

Der Gesang entfernt sich, klingt gedämpft, dröhnt dann wieder in meinen Ohren. Ich will mich gerade umwenden und zum Sofa zurückgehen, damit ich mich hinsetzen kann, als das flimmernde Bild vor meinen Augen ganz aussetzt und ich falle.

Kapitel 30
Jona

Ein unangenehmes Gefühl macht sich in mir breit, als Marie sich zum Lobpreis so weit wie möglich von mir wegstellt. Mir ist zwar klar, dass das wohl nichts mit mir zu tun hat, aber trotzdem kann ich nichts gegen den Stich tun, den es mir versetzt. Das liegt wahrscheinlich daran, dass ich schon den ganzen Abend das Gefühl habe, dass zwischen Marie und mir irgendetwas nicht stimmt, oder zumindest mit Marie nicht. Sie wirkt immer noch recht kränklich, aber jedes Mal, wenn ich sie frage, ob alles in Ordnung ist, blockt sie ab. Dabei weiß sie doch, dass sie mir vertrauen kann, oder etwa nicht?

Jedenfalls kann ich mich heute kaum auf den Lobpreis konzentrieren. Immer wieder wandert mein Blick zu meiner Freundin hinüber, die wie angewurzelt dasteht. Lange dauert es allerdings nicht, bis sich das ändert. Denn plötzlich dreht sich Marie in einer fahrigen Bewegung um und geht zu Boden. Dabei schlägt ihr Kopf mit einem Knall gegen die Tür und sofort stürze ich in blinder Sorge zu ihr.

„Marie!", rufe ich und rüttle an ihrer Schulter. Der Lobpreis ist verstummt und ich nehme nur am Rande war, dass Thomas neben mir kniet.

„Marie, kannst du mich hören?", frage ich erneut und fühle Panik in mir aufsteigen. Wieso ist sie plötzlich umgekippt? Und was ist mit ihrem Kopf?

„Hilf mir mal, ihre Beine hochzulegen!", weist Thomas irgendjemanden an und ich bekomme mit, wie Aaron über Handy einen Krankenwagen ruft.

„Eine Siebzehnjährige", erklärt er, „sie ist plötzlich umgefallen, hat sich den Kopf angeschlagen. Bisher ist sie noch nicht wieder ansprechbar." Er hört sich aufgeregt an, vergisst sogar zunächst, unsere Adresse zu nennen, und teilt sie erst auf Nachfrage mit.

„In spätestens zehn Minuten sind sie hier", sagt er dann zu mir und kniet sich auf Maries andere Seite. „Weißt du, was sie hat? Hat sie vielleicht nichts gegessen?"

„Keine Ahnung", gebe ich mit gereizter Stimme zurück. Mein Herz pocht wie verrückt und auf einmal erscheint mir meine Umgebung viel zu laut. Wieso müssen die alle so laut sein? Am liebsten würde ich sie rausschicken. Oder sie anschreien, damit sie endlich leise sind. Aber das würde ja auch nichts helfen.

„Ganz ruhig", flüstert Thomas mir zu. Inzwischen liegen Maries Beine auf einer niedrigen Kiste und ich schließe die Augen, um tief durchzuatmen. Außerdem spreche ich ein leises, kurzes Gebet, in dem ich Gott darum bitte, Marie wieder aufwachen zu lassen. Als ich die Augen öffne, liegt sie immer noch wie leblos vor mir. Ihre blonden Locken umrahmen ihr Gesicht, das mir in den letzten Wochen so vertraut geworden ist. Vorsichtig streichle ich mit dem Zeigefinger über ihre Wange. Da verzieht sie plötzlich ihren Mund und ihre Augenlider flackern.

„Marie? Alles in Ordnung?" Sie sieht mich mit ihren blauen Augen groß an.

„Was ist passiert?", will sie mit dünner Stimme wissen.

„Du bist … du bist umgekippt und gegen die Tür gefallen", antworte ich. „Der Krankenwagen ist schon unterwegs." Doch Marie scheint gar nicht richtig hören zu können, was ich ihr sage. Ihre Hände schieben sich auf ihren Bauch.

„Ist dir schlecht?", frage ich, und dann kommt schon Christopher mit zwei Sanitätern herein. Vielleicht ist einer von ihnen auch ein Arzt, ich kenne mich da nicht aus. Thomas, Aaron und ich stehen auf, um ihnen Platz zu machen.

Der eine der Männer stellt sich Marie vor und fragt, was vorgefallen sei.

„Haben Sie den Tag über genug gegessen und getrunken?", fragt er als Erstes, aber Marie antwortet nicht, sondern öffnet und schließt nur ihren Mund. Er fängt an, sie zu untersuchen, misst ihren Blutdruck, leuchtet in ihre Augen.

„Was ist mit dem Baby?" Dieser Satz kommt so unvermittelt, dass ich ihn zunächst gar nicht verstehe. Innerlich frage ich das, was der Sanitäter ausspricht: „Baby?"

„Ich bin schwanger", sagt Marie leise, aber mittlerweile ist es so ruhig, dass jeder diesen Satz hören kann.

Schwanger? Ich höre ein Raunen. Marie ist schwanger? Das kann doch nicht sein! Doch, kann es, wird mir einen Augenblick später klar. Aber wieso hat mir Marie nichts davon erzählt? Ich muss hier raus. Bevor ich überhaupt wieder anfangen kann zu denken, bin ich aus dem Jugendraum gestürmt, in meine Schuhe geschlüpft und samt meiner Jacke nach draußen gerannt. Dort stürze ich in mein Auto und lasse es an. Doch dann schalte ich den Motor mit zitternden Fingern wieder aus.

Marie ist schwanger. Sie erwartet unser gemeinsames Kind. Hoffentlich geht es ihm gut. Hoffentlich ist mit Marie alles in Ordnung. Aber wieso hat sie mir nichts gesagt?

Nach ein paar Minuten öffnet sich die Beifahrertür und ich schrecke auf. Aaron setzt sich neben mich … ausgerechnet Aaron. Der ganze Jugendkreis weiß jetzt, dass Marie schwanger ist, dass sie und ich miteinander geschlafen haben. Auch Sarah weiß das. Wahrscheinlich ist sie schon unterwegs zu meinen Eltern, an die ich in diesem Moment erst recht nicht denken möchte.

„Jona …", beginnt Aaron nach einer Weile zu sprechen, „das tut mir alles so leid."

Leid? Wie meint er das? Ist etwa etwas mit dem Kind?

„Geht es dem Kind gut?", frage ich also mit einem gehetzten Gefühl in meinem Herzen.

Aaron sieht mich irritiert an.

„Der Arzt geht davon aus", erwidert er. „Aber … ich wollte mit dir reden. Ich hätte es wirklich nie für möglich gehalten, dass Marie dich betrügt. Sie ist so ein nettes Mädchen."

„Betrügt?", echoe ich fassungslos. Wovon redet er? Glaubt er etwa, Marie habe mit einem anderen geschlafen?

„Nun, du bist doch wohl nicht der Vater, oder?" Aarons Stimme verrät, dass er nicht gerade begeistert von diesem Gespräch ist. Auch ich fühle mich überfordert und mir ist, als würde sich ein hysterisches Lachen den Weg aus mir herausbahnen wollen.

„Doch", sage ich dann aber gefasst und schlicht. „Aber ich hatte keine Ahnung. Ich wusste überhaupt nicht, dass sie schwanger ist."

Aarons mitleidiger Blick wandelt sich in einen schockierten. Dann räuspert er sich ein, zwei Mal, bevor er mich fragt, wie es mit Marie und mir weitergehen soll.

Ich kann ihm das nicht sagen. Ich kann überhaupt nichts sagen, bevor ich nicht mit Marie geredet habe.

„Vielleicht solltest du zu ihr ins Krankenhaus fahren. Sie ist jetzt sicher schon dort. Thomas ist bei ihr." Dann steigt er aus. „Ach, und wegen der Leitungskreissitzung am Sonntag brauchst du dir natürlich keine Gedanken zu machen. Wir können sie auch verschieben oder uns ohne dich treffen. Melde dich deswegen einfach morgen mal bei mir, okay?" Und schon ist er verschwunden. Ich schließe die Augen, warte ein paar Augenblicke, dann drehe ich den Schlüssel im Zündschloss.

Kapitel 31
Marie

Immer wieder sinkt mir der Kopf auf die Brust und ich drohe einzuschlafen. Einen kurzen Moment nicke ich ein, dann durchfährt es mich wie ein Blitz und ich schrecke wieder auf. Die Krankenschwester hat gesagt, ich solle ruhig schlafen und mich ausruhen. Es gebe keinen Grund zur Sorge, aber sie wollte mich über Nacht zur Beobachtung im Krankenhaus behalten. Thomas hat während der Untersuchungen die ganze Zeit mit einer Engelsgeduld gewartet und ist danach zu mir ins Zimmer gekommen. Die Ärzte werden sich ihren Teil gedacht haben. Aber das ist mir egal, denn ich bin einfach nur froh, dass er da gewesen ist, auf seine stille, verständnisvolle Art und ohne jeden Vorwurf. Aber eigentlich hätte Jona hier sein müssen – und das wäre er auch gewesen, wenn ich ihm die Wahrheit aus freien Stücken erzählt hätte.

Sie haben mir gesagt, dass Kreislaufprobleme in der Schwangerschaft keine Katastrophe seien und jetzt habe ich ganz andere Sorgen, denn natürlich haben sie meine Mutter verständigt, die garantiert schon auf dem Weg hierher ist. Wenn ich ihr nicht die Wahrheit sage, tut es der Arzt. Ich bin siebzehn, da ist das selbstverständlich.

Einem Gespräch mit meiner Mutter fühle ich mich nicht gewachsen. Immerzu sehe ich Jonas Gesicht vor mir, den Schock in seinen Augen, als er mich angesehen und an mir vorbei nach draußen gestürmt ist. Ich würde ihm so gerne sagen, dass es mir leidtut, dass er es so erfahren musste. Dass er es überhaupt erfahren musste. Und dass es dann auch noch der ganze Jugendkreis mitbekommen hat. Aber vorhin bin ich in Panik geraten. Nicht nur wegen mir, sondern idiotischerweise auch wegen des Kindes. Einen Moment lang hatte ich Angst, etwas könnte mit ihm nicht in Ordnung sein. Ein dummer Gedanke.

Als meine Mutter schließlich auftaucht, ist sie in erster Linie verwirrt. Ich weiß nicht, was ich erwartet habe – vielleicht, dass sie halb verrückt vor Sorge und völlig panisch in das Zimmer gestürmt kommt. Aber sie bewahrt die Ruhe, wie es sich für eine geübte Krankenschwester gehört, stellt eine Tasche mit Schlafanzug und Waschzeug auf den Nachttisch, setzt sich auf den Stuhl neben meinem Bett und fragt, wie ich mich fühle.

„Besser", sage ich wahrheitsgemäß und erzähle ihr, was passiert ist.

„Und deshalb behalten sie dich hier? Hast du schon mit einem Arzt gesprochen? Soll ich mit ihm sprechen?"

„Das habe ich schon", winke ich ab. Jetzt muss es heraus, jetzt oder nie. „Mama, sie behalten mich hier, weil ich schwanger bin."

Sie hält kurz inne und sieht mich an. „Soll ich trotzdem nochmal mit ihm sprechen?", bietet sie an.

„Hast du mir zugehört?" Ich muss schlucken. „Ich habe gesagt, ich bin schwanger."

Ich habe immer gedacht, nur in Romanen würden Leute von einer Sekunde zur anderen weiß wie die Wand. Meine Mutter belehrt mich eines besseren. „Unsinn", sagt sie. „Das kann doch gar nicht sein." Sie sieht mich an und scheint nachzudenken. Vermutlich kommt sie zu dem Schluss, dass es doch sein kann, denn sie springt abrupt auf. „Sag jetzt bitte, dass das ein Scherz ist." Sie wendet sich ab und tigert zum Fenster, um hinaus in die Dunkelheit zu starren, beide Hände an die Schläfen gepresst. „Du machst Witze."

Keiner weiß besser als sie, dass ich darüber niemals Witze machen würde. Meine Mutter ist der letzte Mensch, der darüber lachen könnte, immerhin hat sie selbst ihre beruflichen Träume und ihre Beziehung aufgeben müssen, weil sie ein Kind – mich – bekommen hat.

„Marie, sag bitte, dass das nicht wahr ist!" Sie wendet sich mir mit einem hysterischen Gesichtsausdruck wieder zu. „Du bist siebzehn! Du ... du hättest es doch besser wissen müssen. Wozu habe ich dich eigentlich aufgeklärt? Wozu ... Du kannst doch jetzt kein Kind gebrauchen!", sprudelt es aus ihr heraus. Dann verstummt sie und sieht mich an, als könne sie nicht glauben, was sie da sieht.

„Mama, beruhig dich", bitte ich sie und schlucke die Tränen hinunter. „Ich will das Kind nicht." Ich sage das ganz leise und strecke die Hand nach meiner Mutter aus, damit sie sich wieder zu mir setzt. Sie tut es nur zögerlich.

„Meine Güte", murmelt sie vor sich hin. „Meine Güte, das kann doch nicht sein."

Ich rede auf sie ein, teile ihr die ganzen Gedanken mit, mit denen ich mich zu beruhigen versucht habe, seit ich es weiß. Bei ihr funktioniert es besser. Die Farbe kehrt zurück in ihr Gesicht und sie fasst sich wieder einigermaßen. Allerdings findet ihre Ruhe ein jähes Ende, als die Tür aufgeht und Jona hereinkommt. Er sieht sehr betreten aus, vor allem, als er meine Mutter erblickt.

„Kannst du morgen wiederkommen?", frage ich sie leise. Ihre Anwesenheit tut mir gut, jetzt wo sie aufgehört hat, hysterisch vor sich hinzumurmeln, aber ich habe Jona einiges zu sagen, was ich nicht in ihrem Beisein aussprechen will.

Sie sieht von mir zu Jona und ihr Blick wird immer finsterer. Jona steht mucksmäuschenstill da und scheint nicht einmal zu bemerken, dass sie ihn weder begrüßt hat noch sich von ihm verabschiedet. Sie tut so, als wäre er überhaupt nicht anwesend.

„Versuch ein bisschen Schlaf zu finden, Mäuschen", meint sie viel herzlicher, als sie es seit der Schreckensnachricht gewesen ist. Vor dem Gehen will sie wohl ihre Reaktion wiedergutmachen. „Morgen sieht die Welt schon ganz anders aus. Und dann klären wir das alles."

Ich sehe ihr nach, als sie aus dem Zimmer geht, und wünsche mir, ich hätte sie nicht weggeschickt. Jona setzt sich steif wie ein Brett auf die Bettkante und starrt ins Leere.

„Tut mir leid", murmle ich und weiß genau, dass meine Worte viel zu schwach sind.

Aber Jona schüttelt den Kopf, öffnet den Mund, klappt ihn wieder zu und legt dann seine Hand auf meinen Oberarm. „Warum hast du es mir nicht gesagt?" Seine Stimme klingt nicht anklagend, aber unsicher und verletzt. Das ist noch viel schlimmer.

Ich kann ihm nicht antworten, weil meine Kehle wie zugeschnürt ist. So habe ich mir die Beziehung mit Jona ganz und gar nicht vorgestellt. Die ganze Zeit gibt es nur Probleme, obwohl alles so schön sein könnte.

„Wann wolltest du es mir denn sagen?", fragt er.

„Überhaupt nicht", flüstere ich als Antwort. „Ich wollte nicht, dass du es überhaupt erfährst."

Jona sieht mich fassungslos an. „Überhaupt nicht?

Wie … ich meine … früher oder später hättest du es mir sagen müssen."

Es kostet mich unendlich viel Überwindung, die nächsten Worte auszusprechen: „Ich will das Kind nicht."

Eine halbe Ewigkeit vergeht, ehe Jona etwas erwidert: „Sag das nicht. Wenn es erst da ist, wirst du es bereuen, so gedacht zu haben. Du würdest nie dein eigenes Kind weggeben."

Hatte ich wirklich vergessen, wie vernarrt Jona in Kinder ist? Wie hart er über Mütter urteilt, die ihre eigenen Kinder nicht wollen? Ich weiß, dass er nicht verstehen will, was ich mit dem Gesagten meine, dass er mich absichtlich missversteht. Deshalb kann ich mich auch nicht zurückhalten und die unüberlegten Worte platzen einfach so aus mir heraus: „Mensch, Jona, sei doch nicht immer so naiv!"

Er sieht mich an wie ein getretener Hund.

„Ich will es nicht. Ich will es gar nicht erst bekommen!"

Kapitel 32
Jona

Langsam setzt sich das Puzzle, das Maries Worte haben entstehen lassen, in meinem Kopf zusammen. Doch dieses Puzzle ergibt nichts als ein Sammelsurium von Gefühlen.

„Du ... du willst abtreiben?", frage ich, weil ich es nicht glauben kann. Aber Marie muss nicht antworten, das Ja steht ihr ins Gesicht geschrieben. Ich dagegen sehe rot.

„Du willst unser Kind umbringen?" Ich fühle mich, als bekäme ich keine Luft mehr. „Das kann nicht dein Ernst sein!"

„Doch, es ist mein Ernst. Jona, ich kann doch jetzt kein Kind bekommen. Die Schule und alles ... das geht einfach nicht!"

„Aber deswegen kannst du doch nicht einfach unser Kind ermorden! Und du wolltest es mir noch nicht einmal erzählen." Ich bin vollkommen fassungslos. Ich weiß zwar, dass ich vielleicht ruhiger sein sollte, doch ich kann es nicht. In meinen Ohren rauscht das Blut und meine Hände ballen sich zu Fäusten.

„Das ist meine Entscheidung", sagt Marie jetzt auch noch. Ihre Worte hören sich so lächerlich falsch an, dass ich gar nicht glauben kann, dass sie wirklich dieser Meinung ist.

„Nein", erwidere ich, „das ist überhaupt nicht deine Entscheidung. Das ist unsere Entscheidung. Es ist unser Kind!" Meine Stimme ist lauter geworden und am liebsten würde ich gegen das Nachtkästchen neben Maries Bett treten. Oder sie schütteln, bis sie wieder zur Vernunft kommt.

„Es ist doch noch nicht einmal ein Kind! Es ist ein Haufen Zellen in meinem Körper. In *meinem* Körper! Also ist es auch meine Entscheidung." Maries Stimme hört sich schrill an. Als ich meine Freundin ansehe, habe ich das Gefühl, dass sie mir vollkommen fremd ist.

„Du …" Ich starre sie an und möchte brüllen. „Wir haben miteinander geschlafen. Wir sind ein Fleisch geworden. So steht es in der Bibel, dass –"

Marie unterbricht mich harsch: „Fang jetzt nicht damit an, okay?"

„Aber es ist so. Ich … ich werde nicht tatenlos dabei zusehen, wie du unser Kind umbringst!" Jetzt brülle ich doch. Ich kann überhaupt nicht anders.

„Hau ab!", schleudert mir Marie in der gleichen Lautstärke entgegen. „Verschwinde einfach!"

Zuerst denke ich gar nicht daran, das zu tun, aber dann drehe ich mich mit einem Ruck um und verlasse fluchtartig das Zimmer. Blinde Wut durchzuckt mein Gehirn, als ich mit schnellen Schritten durch das Gebäude gehe. Ich kann nicht glauben, was hier passiert. Ich kann nicht glauben, dass Marie schwanger ist und –

Im nächsten Moment stoße ich hart mit jemandem zusammen.

„Können Sie nicht aufpassen?", fragt die Schwester, die ich umgerannt habe, genervt und reibt sich den Arm. Ich sehe sie zerknirscht an.

„Entschuldigen Sie", bitte ich und gehe dann langsamer weiter. Ich muss tief durchatmen. Morgen werde ich noch einmal zu Marie gehen und in aller Ruhe mit ihr reden. Sie hat sicherlich nur gesagt, dass sie abtreiben möchte, weil sie panisch geworden ist. Aber wie kann sie darüber überhaupt nachdenken? Sie ist doch Christin! Sie muss wissen, welche Sünde es wäre, dieses Kind zu töten. Natürlich weiß ich, dass ihre Beziehung zu Gott anders ist als meine eigene, ob es nun um ihr Verhältnis zur Bibel geht oder zum Beten. Außerdem ist es offensichtlich, dass der Glaube in ihrem Leben bisher wenig Einfluss genommen hat – auch wenn ich in letzter Zeit das Gefühl gehabt hatte, dass sich das bessert. Aber was, wenn nicht? Ist sie vielleicht überhaupt keine richtige Christin? Und sollte ich dann überhaupt mit ihr zusammen sein? Doch abgesehen davon, dass mir diese Überlegung nach einem kurzen Moment bereits wieder vollkommen absurd erscheint, sollte ich mir darüber keine Gedanken mehr machen: Marie und ich sind ein Fleisch geworden und gehören dadurch untrennbar zusammen. Es kommt nicht infrage, dass ich mich von ihr trenne. Aber ihre Einstellung kann ich genauso wenig akzeptieren. Es ist eine Zwickmühle. Was habe ich nur getan?

„Herr", bete ich, während ich mein Auto aufsperre, „bitte gib ihr Vernunft und zeig ihr, dass es falsch ist, was sie vorhat. Mach ihr klar, dass es nicht unmöglich ist, das Kind zu bekommen. Zeig ihr, wie wertvoll dieses Leben ist." Augenblicklich fühle ich mich ein bisschen hoffnungsvoller. Ich weiß, dass Gott bei uns ist. Eigentlich müsste ich mir also keine Sorgen machen, doch leider ist das leichter gedacht als auch wirklich geglaubt.

Ein paar Minuten später parke ich in der Einfahrt unseres Hauses. Ich sehe schon von draußen, dass noch Licht brennt, aber das habe ich auch gar nicht anders erwartet. Ich bin mir sicher, dass Sarah meinen

Eltern brühwarm erzählt hat, dass sie Großeltern werden – und mir kommt der Gedanke, dass ich hoffe, dass sie das wirklich werden. Auch wenn ich vor dem Gespräch mit meinen Eltern Angst habe.

Als ich leise die Haustür öffne, tritt Sarah in den Flur. Sie sieht nicht mal ansatzweise so fröhlich aus wie normalerweise, auch wenn mich das nicht wundert.

„Wie haben sie reagiert?", frage ich. Sarah schüttelt jedoch den Kopf.

„Das ist deine Aufgabe", erwidert sie. „Mama und Papa sind im Wohnzimmer. Ich habe ihnen nur gesagt, dass Marie im Krankenhaus ist."

Tatsächlich sitzen meine Eltern bereits in Schlafsachen im Wohnzimmer, meine Mutter in eine Decke gewickelt. Vor ihr steht eine dampfende Tasse Tee. „Wie geht es Marie?", fragt Mama sofort. Meine Eltern sehen besorgt aus.

„Besser", gebe ich zurück, „aber ich muss –"

Meine Mutter schneidet mir das Wort ab. „Was fehlt ihr denn?"

„Der Kreislauf", gebe ich einsilbig zurück und nehme dann noch einmal allen Mut zusammen. „Aber ich muss euch etwas sagen." Ich sehe zu meinem Vater, dessen Blick ernst ist, und weiß in diesem Moment schon, wie sehr ich ihn enttäuschen werde.

„Marie ist schwanger." Der Satz hängt schwer in der Luft und am liebsten würde ich ihn zurücknehmen. Es dauert einige Momente, bis meine Eltern registrieren, was ich ihnen gesagt habe. Sie sehen sich an. „Setz dich", sagt mein Vater dann und seine Worte lassen keine Widerrede zu, auch wenn ich lieber in mein Zimmer verschwunden wäre. Oder im Erdboden versunken. Dann beginnt, was unweigerlich hat kommen müssen. Ich wundere mich nur, wie meine Eltern dabei so ruhig bleiben können.

„Du kannst dir vorstellen, dass wir darüber nicht gerade begeistert sind", sagt mein Vater, als hätte er dieses Gespräch schon tausendmal vor dem Spiegel geübt. Dabei weiß ich, dass er es sicherlich noch nie geführt und nicht einmal im Traum daran gedacht hätte, dass das jemals nötig sein könnte. „Ich kann auch gar nicht verstehen, wie es dazu kommen konnte, Jonathan. Deine Mutter und ich haben immer versucht, dir Werte nahezulegen, auch den Wert der Ehe. Ich weiß nicht, wie du das so mir nichts, dir nichts in den Wind schießen konntest."

„Das stimmt nicht", verteidige ich mich sofort. „Das war nur ein Ausrutscher und –"

„Ein Ausrutscher?" Meine Mutter ist nicht ganz so ruhig wie mein Vater. „Du hättest doch wenigstens verhüten können!"

„Ich habe doch überhaupt nicht daran gedacht, dass es so weit kommen könnte!", fahre ich meine Mutter an. Das stimmt. Es ist einfach so passiert.

„Red nicht in diesem Ton mit deiner Mutter", weist mich mein Vater zurecht. „Wir sollten lieber überlegen, wie es weitergeht. Was ist mit dir und Marie? Habt ihr wenigstens vor zu heiraten?" Die Frage meines Vaters hört sich so an, als würde er sowieso nur eine Antwort akzeptieren, aber da muss ich ihn leider enttäuschen.

„Wir haben darüber noch nicht geredet", sage ich. Abgesehen davon weiß ich ja nicht einmal, ob Marie das Kind wirklich bekommt. Aber das kann ich meinen Eltern natürlich nicht sagen.

„Aber ein uneheliches Kind ... Jonathan, wie stellst du dir das vor? Ich bin Pfarrer! Ich könnte mich in meiner Gemeinde nicht mehr blicken lassen." Normalerweise habe ich Verständnis dafür, dass sich mein Vater Sorgen um seine Glaubwürdigkeit macht, aber heute ist nichts normal.

„Darüber machen wir uns Gedanken, wenn es so weit ist", schaltet sich meine Mutter nun ein und schaut Papa durchdringend an. Dieser nickt.

„Du wirst mit Marie reden, Jonathan, und dann sehen wir weiter. Geh jetzt schlafen", fordert er mich auf und ich gehe nach oben. Dort schmeiße ich mich auf mein Bett und fange an zu weinen.

Kapitel 33
Marie

„Was sagen seine Eltern dazu?" Meine Mutter sitzt neben mir an dem kleinen Tischchen vor dem Fenster und stellt jede Menge Fragen.

„Weiß ich nicht", gebe ich zu, während ich mit den Augen einer Amsel folge, die auf einem einige Meter entfernten Baum von Ast zu Ast hüpft.

„Und er?"

„Hat, glaube ich, gar nicht so viel dagegen, Vater zu werden."

Meiner Mutter fallen fast die Augen aus dem Kopf. „Der Junge ist achtzehn! Ist er von allen guten Geistern verlassen?"

Ich zucke mit den Schultern.

„Du hast ihm doch gesagt, dass es für dich nicht infrage kommt, das Kind zu bekommen?"

„Ja."

„Lass dir doch nicht alles aus der Nase ziehen!", regt sich meine Mutter auf. „Du hast deine Meinung doch nicht etwa geändert, oder?"

Ein paar Mal atme ich ein und aus. „Ich habe mir überlegt, wir könnten es zur Adoption freigeben." Als ich dem Blick meiner Mutter begegne, werden ihre Augen weich.

„Ach Mäuschen, das macht doch alles nur noch komplizierter. Eine Abtreibung wäre wirklich das

Beste." Sie quittiert es mit keinem Wort, dass ich „wir" gesagt habe. Dabei denkt sie sicherlich dasselbe wie ich die ganze Zeit: Wird es noch ein Wir geben, wenn ich mich gegen unser Kind entscheide? Wäre vielleicht sogar eine Adoption mehr, als Jona ertragen kann?

„Hast du es bereut, mich bekommen zu haben?" Ich schlucke die Tränen hinunter. Jona hält mich für eine Mörderin, wenn ich das Baby abtreiben lasse. Dabei wäre das doch niemals legal, wenn es tatsächlich Mord wäre. Dass Gott das ganz bestimmt anders sieht, daran will ich nicht denken. Ich fühle mich ihm so fern wie noch nie zuvor.

Mama greift nach meiner Hand. „Das darfst du nicht einmal denken", sagt sie beklommen. „Ich habe es natürlich nicht bereut. Aber ich habe mir meine Jugend eben anders vorgestellt. Ich hätte erst viel später Kinder gewollt."

Sie sagt „Kinder" und dabei hat sie nur mich, weil sie sich seit der Enttäuschung mit meinem Vater auf keinen Mann mehr eingelassen hat. So sehr ich es auch versuche, ich kann mir nicht vorstellen, wie alles gekommen wäre, wenn sie sich damals anders entschieden hätte. Vielleicht weil es mich dann schlichtweg nicht gäbe.

„Jona muss doch verstehen, dass du dir dein Leben nicht kaputt machen lassen willst", meint meine Mutter. „Was ist mit dem Abitur? Dem Studium? Du bist es, die all diese Opfer bringen müsste, nicht er."

„Kann ich ihm das so sagen?", frage ich zweifelnd.

„Und ob du das kannst. Lass dir von ihm nicht einreden, dass deine Entscheidung schlecht ist. Das ist sie nämlich nicht. Ich halte sie für die einzig vernünftige."

Ich ringe mit mir selbst.

„Meinst du, er hat es seinen Eltern gesagt?", will ich

schließlich wissen, weil mir das schon den ganzen Tag durch den Kopf geht.

„Keine Ahnung."

„Ich habe Angst, dass sie mir böse sind."

Meine Mutter runzelt die Stirn. „Na, ihr Sohn hat dazu aber auch seinen Teil beigetragen. Meinst du nicht?" In ihren Augen funkelt ein bisschen Ärger. „Ich bin ja auch nicht begeistert!", ruft sie aus. „Aber jetzt ist es passiert und wir müssen eine Lösung finden. Besser früher als später."

Das ist es, was ich Jona klarmachen muss. Aber als er am späten Nachmittag nach einem zaghaften Klopfen hereinkommt, will ich am liebsten gar nicht mit ihm reden.

„Hey", sagt er und küsst mich auf die Wange. Ich versteife mich und starre weiter in das Buch, in dem ich bis eben gelesen habe und das ich nun zu lesen vorgebe.

„Wie fühlst du dich?", fragt Jona und wirkt in dem sterilen Krankenhauszimmer etwas fehl am Platz.

„Ganz gut."

„Dann brauchst du nicht länger hierzubleiben?"

„Doch." Ich blättere versehentlich eine Seite zurück statt vor, aber vermutlich ist das Jona ohnehin nicht aufgefallen. „Es ist Samstag. Ich muss bis Montag warten, weil sie da noch ein paar Untersuchungen machen wollen. Zur Sicherheit."

Wir schweigen, ich vermeintlich lesend und Jona mich beobachtend.

„Hör zu, es tut mir leid, dass ich gestern so überrea... dass ich dich angeschrien habe."

„Schon okay." Ich verbiete mir, ihn anzusehen, weil ich mir nicht die Blöße geben möchte, jetzt zu weinen. Jona soll nicht denken, dass seine harten Worte mich in meiner Entscheidung verunsichert haben.

„Schau mich an", bittet er, und als ich das nicht tue, fährt er stockend fort. „Ich habe nachgedacht. Marie, vielleicht … was wäre, wenn wir heiraten?"

Erschrocken lasse ich das Buch sinken und wende mich ihm zu. „Was?"

„Wenn wir heiraten. Würdest du das Kind dann bekommen wollen?"

Mir fehlen die Worte. All die wütenden Gedanken, die ich hatte, kann ich nun nicht mehr aussprechen. „Das ist dein Ernst, oder?", frage ich zur Sicherheit.

„Klar ist das mein Ernst. Wir würden doch sowieso irgendwann heiraten." Er scheint nicht eine Sekunde daran zu zweifeln und irgendwie rührt mich das, auch wenn es mich völlig überrumpelt. Natürlich ist dieser Gedanke die ganze Zeit irgendwie präsent gewesen, als wir darüber gesprochen haben, nun bis zur Ehe zu warten. Aber da war sie etwas weit, weit Entferntes.

„Jona …" Ich schlinge den Arm um ihn, und als er sich auf die Bettkante ziehen lässt, lehne ich mich an seine Schulter. „Das würde doch nichts ändern. Ich bin erst siebzehn. Was ist mit dem Abi, was ist mit –"

Er unterbricht mich: „Das können wir alles schaffen. Meine Mutter ist zu Hause, sie könnte uns helfen. Und ich bin bis dahin mit der Schule fertig. Ich könnte –"

„Jona, stopp", falle dieses Mal ich ihm ins Wort. Er scheint sich jede Menge Gedanken darüber gemacht zu haben, was mich fürs Erste völlig überfordert. Ist das seine Art, mich vor die Wahl zu stellen? Entweder ich bekomme das Kind und er hält zu mir oder ich entscheide mich für eine Abtreibung und Jona verlässt mich?

„Ich will dich heiraten", murmle ich. „Aber nicht jetzt. Nicht nur, weil es sich so gehört, verstehst du?"

Er nickt und setzt an, etwas zu sagen, aber ich lasse ihn nicht.

„Wir sind zu jung. Jona, wir können doch später Kinder bekommen."

Er löst sich von mir und seine Miene ist steinern, als er mich ansieht. Ich brauche viele Sekunden, um zu verstehen, dass es nicht Zorn, sondern Schmerz ist, der in seinen Augen brennt. „Es wäre nicht dieses Kind."

Ich widerstehe der Versuchung, an meinen Bauch zu fassen.

„Es wären andere Kinder. Dieses Baby, unser erstes Kind, das wäre tot."

Eine Gänsehaut kriecht über meinen Rücken und schon wieder kann ich Jonas Blick nicht standhalten. Ich möchte alleine sein, um nachzudenken und um ungestört weinen zu können. Ich halte es einfach nicht mehr aus.

Kapitel 34
Jona

Als ich am Samstag nach Hause komme, fühle ich mich deutlich besser als am Vorabend. Ich weiß zwar nicht, ob ich Marie überzeugen konnte, aber sie scheint zumindest noch einmal über die Sache nachzudenken. Also gehe ich in mein Zimmer und bete darum, dass sie die richtige Entscheidung trifft. Noch während ich mit Gott spreche, klopft es und mein Vater kommt herein. Ich habe seit gestern Abend weder mit ihm noch mit meiner Mutter geredet, sondern habe gefrühstückt, als meine Familie schon damit fertig war, und das Mittagessen ausfallen lassen.

„Kann ich mit dir reden, Jonathan?", fragt er mich mit seiner gewohnt ruhigen Stimme und schließt die Tür, als ich nicke. Dann setzt er sich neben mich auf mein Bett.

„Es tut mir leid, wie ich gestern reagiert habe", erklärt er und ich nicke wieder. Ich habe irgendwie damit gerechnet, dass wir noch mal auf das Gespräch zurückkommen und sie den ersten Schritt machen würden. Papa gibt es normalerweise zu, wenn er sich falsch verhalten hat, und ich selbst habe momentan einfach zu viel im Kopf, um von mir aus das Gespräch mit ihm zu suchen. Schließlich denke ich an kaum etwas anderes als an Marie und das Baby. Wie könnte ich da auch noch auf meine Eltern zugehen? Zumal mir bei dem Gedanken, dass ich ihnen dann vielleicht sogar sagen müsste, dass Marie das Kind nicht möchte, ganz schlecht wird. Ich bin mir sicher, das fänden meine Eltern noch schlimmer als die Tatsache, dass wir miteinander geschlafen haben und dabei auch noch zu blöd waren, zu verhüten.

„Mir ist klar", fährt er fort, „dass meine erste Sorge sicher nicht meiner Gemeinde hätte gelten sollen."

„Ist schon okay", erwidere ich. „Ich habe dich und Mama ziemlich enttäuscht. Wahrscheinlich hätte ich an eurer Stelle nicht anders reagiert." Mein Vater zuckt daraufhin nur mit den Schultern.

„Ich wollte dir auf jeden Fall sagen, dass wir dich und Marie unterstützen werden. Egal, ob ihr euch dazu entschließt, gleich zu heiraten oder nicht." Heiraten – ich muss daran denken, dass ich genau das Marie vor einer guten Stunde vorgeschlagen habe. Es war sicher nicht so, wie ich mir vorgestellt habe, irgendwann einmal eine Frau zu bitten, mich zu heiraten, aber trotzdem hat Marie gesagt, dass sie möchte. Wenn auch nicht jetzt. Dabei wäre das wohl für unser Kind das Beste.

Den Sonntag verbringe ich wie immer zunächst in der Kirche und mit meiner Familie, nachmittags lese ich dann in der Bibel, weil ich mich nicht traue, Marie schon wieder zu besuchen. Vielleicht braucht sie ja Zeit für sich, um die richtige Entscheidung treffen zu können. Außerdem ruft Thomas an und fragt, wie es meiner Freundin geht. Ich bedanke mich bei ihm, dass er sie ins Krankenhaus begleitet hat, aber als er mich fragt, wie es weitergehen soll, bitte ich ihn, nicht darüber reden zu müssen. Das kann ich nicht. Nicht jetzt und vor allem nicht am Telefon.

Abends ist dann die Leiterkreisbesprechung, bei der

die Jugendkreisthemen für das nächste Quartal festgelegt werden sollen.

„Sollen wir gemeinsam hinfahren?", frage ich Sarah, die meistens zu Fuß geht, beim Abendessen, obwohl ich selbst nicht weiß, ob ich es für eine gute Idee halte, sie mit dem Auto mitzunehmen. Sie ist immer noch recht kühl zu mir, was ich nicht so ganz nachvollziehen kann, weil wir uns eigentlich immer recht gut verstanden haben. Aber damit, dass ich so schnell mit Marie zusammengekommen bin, hat sich das wohl verändert. Vielleicht findet sie auch, dass Marie nicht die Richtige für mich ist.

„Aaron und ich laufen gemeinsam", gibt Sarah mit einem etwas gequälten Lächeln zurück.

Als ich zur Leiterkreisbesprechung komme, sind bis auf Thomas, der an diesem Abend unbedingt in Erlangen sein muss, schon alle Leiter versammelt: Aaron, meine Schwester, Ida und ihr Freund David. Die beiden Letzteren sitzen auf einem der Sofas in unserem Jugendraum, während Sarah und Aaron auf Sitzsäcken Platz genommen haben. Ich kann Idas und Davids durchdringenden Blick nicht leugnen, als ich hereinkomme. Aaron dagegen lächelt mich an.

„Dann fangen wir mal an", sagt er und holt ein paar Blätter aus seiner Tasche. „Gibt es irgendwelche Probleme, über die ihr reden wollt?" Aaron sieht mich an, aber ich verneine gemeinsam mit den anderen. Es geht hier schließlich um Probleme im Jugendkreis. Maries und meine Beziehung ist keine Sache des Jugendkreises, sondern allein unsere.

„Gut. Habt ihr Vorschläge für Themen?"

„Natürlich die Weihnachtsgeschichte, die Bedeutung der Geburt Jesu und der Adventszeit", schlägt Ida vor, woraufhin Aaron sich ein paar Notizen macht.

„Wir könnten eine Andacht auch darüber halten,

dass wir als Christen Zeugen Gottes sind", sagt David und wieder schreibt Aaron den Vorschlag auf. Dieser gefällt mir besonders gut.

„Wir haben ja schon darüber geredet, Aaron, dass ‚Verantwortung' ein wichtiges Thema wäre", schaltet sich jetzt meine Schwester ein. Dabei fällt ihr Blick auf mich und ich schaue schnell auf meine Hände, die auf meinen Oberschenkeln liegen.

„Ich habe auch noch ein paar Ideen", fährt Aaron nach einer kurzen Pause fort. Er liest einige Themen vor, die er sich schon notiert hat. Sie hören sich natürlich nicht alle spektakulär oder weltbewegend an und ein paar von ihnen verändern wir in der folgenden Stunde auch noch ein wenig oder schmeißen sie raus, legen sie zusammen oder teilen sie, aber im Großen und Ganzen steht das Programm damit. Nachdem wir die Reihenfolge festgelegt haben, geht es an die Verteilung der Aufgaben.

„Also ist ‚Verantwortung' unser erstes Thema", sagt Aaron. „Möchte jemand von euch diese Andacht halten?"

„Das würde ich gerne machen", bitte ich in Anbetracht der Tatsache, dass ich eventuell bald sehr viel Verantwortung tragen werde. Doch Aaron sieht mich zweifelnd an.

„Meinst du wirklich, du solltest jetzt gleich die erste Andacht halten?", fragt er vorsichtig. „Ich meine, wegen der ganzen Sache mit Marie und –"

„Schon klar", gebe ich zurück und kann auch verstehen, was er meint. „Was ist mit dem zweiten Thema?" Es ist das Zeugnis-Thema und stellt quasi eine Vertiefung der ersten Andacht dar. Nun ist es jedoch Ida, die mich skeptisch ansieht.

„Glaubst du, dass gerade du das machen solltest? Immerhin – ich will dir ja nicht zu nahe treten, aber

… nach allem, was passiert ist …" Sie lässt den Satz unvollendet im Raum hängen und zuckt mit den Schultern. Ich weiß zwar nicht, wieso ich gerade jetzt so ungehalten reagiere, doch ich denke, dass es an dem generellen Gefühlschaos liegt, das seit Freitag in meinem Inneren herrscht.

„Soll ich denn überhaupt irgendeine Andacht halten?", frage ich ruppiger als geplant und fühle mich in meinem Verdacht bestätigt, als die anderen schweigen. Schließlich räuspert sich Sarah und sagt: „Vielleicht besser vorerst nicht. Weißt du, Jonathan, ich glaube, es ist wichtig, dass diejenigen, die die Andacht halten, wirklich glaubwürdig sind und voll hinter dem, was sie sagen, stehen." Ihre Worte treffen mich mehr, als ich es je zugeben würde. Immerhin ist sie doch meine Schwester.

Kapitel 35
Marie

Während der Woche sehe ich Jona nur zweimal ganz kurz. Ich habe das Gefühl, dass er mir auszuweichen versucht, aber ich finde nicht die Kraft, ihn darauf anzusprechen oder zu versuchen, etwas daran zu ändern. Vielleicht ist es sogar das Beste, wenn wir auf Abstand bleiben, bis das Ganze vorbei ist. Dann wird es leichter zu vergessen, dass es je geschehen ist. Aber als Jona auch am Freitag weder auftaucht noch anruft, gebe ich mir einen Ruck und klingle wenig später bei ihm an der Tür. Es ist schon nach acht und der Jugendkreis hat mittlerweile begonnen, so lange habe ich auf Jona gewartet. Nicht, dass ich unbedingt dorthin gehen wollte. Aber ich weiß, wie wichtig Jona seine Jugendgruppe ist, und niemand dort soll denken, wir würden in dieser Situation nicht zusammenhalten. Ich möchte am liebsten davonlaufen, als Jonas Mutter die Tür öffnet. Dummerweise habe ich nicht damit gerechnet, ich könnte jemandem außer Jona begegnen.

„Hallo, Marie." Sie gibt mir die Hand und lächelt mich an. Trotz ihres eindringlichen Blickes weiß ich sofort, dass Jona ihr nicht gesagt hat, dass ich abtreiben will, denn sonst würde sie mich nicht auf diese Weise ansehen. Nicht so, als wäre ich ein armes, verschrecktes Lämmchen und nicht mehr oder weniger schuldig an dieser Situation als ihr eigener Sohn.

„Ist Jona da?"

„In seinem Zimmer", erwidert sie und lässt erst jetzt meine Hand los. „Da verkriecht er sich schon seit Tagen." Inzwischen ist das Lächeln aus ihrem Gesicht verschwunden und hat einer tiefen Beunruhigung Platz gemacht. „Vielleicht tut es ihm gut, dich zu sehen."

Das bezweifle ich, trete aber trotzdem neben ihr in den Flur. Sie hat keine Ahnung, dass ich – ganz im Gegenteil – schuld daran bin, dass Jona so sehr unter der Situation leidet. Mit dem Gedanken, mit achtzehn Vater zu werden, scheint er viel besser zurechtzukommen als mit dem, dass ich mich gegen unser Kind entscheiden könnte. Es *umbringen*. Als ich nach kurzem Klopfen sein Zimmer betrete, sitzt Jona auf dem Bett und hört Musik. Er sitzt einfach nur da und starrt die Wand an, und als ich hereinkomme, schrickt er zusammen.

„Marie!", entfährt es ihm und er springt auf. „Was machst du hier? Wie spät ist es?"

Ich beantworte keine seiner Fragen, sondern schließe – entgegen der ungeschriebenen Gesetze in diesem Haus – die Tür, gehe zu ihm und nehme ihn in den Arm.

„Es ist halb neun", sage ich und versuche, es nicht wie einen Vorwurf klingen zu lassen. „Was ist mit dem Jugendkreis?"

Jona löst sich von mir und schaut mich an. Er sieht übermüdet aus und seine Augen sind gerötet. Ich weigere mich, mir vorzustellen, dass er geweint hat.

„Du willst doch wohl nicht wirklich da hingehen?"

„Doch", lüge ich, weil das der Grund ist, aus dem ich hier bin. Ich weiß ganz genau, wie wichtig seine Jugendgruppe ihm ist, und ich will nicht, dass er sich wegen dieser Sache von seinen Freunden distanziert. Nicht meinetwegen.

„Wir verstecken uns doch nicht!", verleihe ich meinen Worten Nachdruck. Es klingt sehr theatralisch, aber Jona ringt sich zu einem Lächeln durch und zieht sich bereitwillig eine Jacke über.

Ich verkneife es mir zu fragen, ob er tatsächlich so gehen will – mit einem abgetragenen T-Shirt und völlig zerzaustem Haar, das zu einem unordentlichen Pferdeschwanz zusammengebunden ist.

Jonas Mutter lächelt mir über die Schulter ihres Sohnes hinweg zu, als er ihr zum Abschied einen Kuss auf die Wange drückt und erklärt, dass wir in den Jugendkreis gehen. Ehe ich wirklich darüber nachdenken kann, fühle ich mich ihr einen ganz kurzen Augenblick lang verbunden.

„Sie hält zu uns, stimmt's?", frage ich leise, als ich neben Jona im Auto sitze.

„Sie halten alle … Sie halten beide zu uns." Seine Einschränkung übergehen wir beide. Ich weiß ohne nachzufragen, dass seine Schwester Sarah der Grund dafür ist. „Sie haben gesagt, sie werden uns unterstützen."

Ich zögere, dann setze ich an: „Es gibt Möglichkeiten …" Kurz halte ich inne, weil ich nicht weiß, ob ich wirklich mit ihm darüber sprechen sollte. „Weißt du, es gibt Alternativen. Finanzielle Unterstützung zum Beispiel, für junge Eltern." Ich schaue ihn nicht an, weil ich nicht die Hoffnung in seinen Augen aufglimmen sehen will, nur um sie anschließend wieder zu zerstören.

„Was meinst du damit?", will Jona wissen und seine eigentliche Frage schwebt stumm zwischen uns: *„Willst du damit sagen, dass du noch darüber nachdenkst, dass es noch nicht zu spät ist?"* Seine Hände umklammern das Lenkrad so fest, dass die Fingerknöchel weiß hervortreten.

„Ich war bei diesem Beratungsgespräch. Wegen ...
wegen der Abtreibung." Zum Glück war Jona nicht
dabei. Allein bei dem Gedanken, er hätte sich das alles
anhören müssen, wird mir schlecht.

„Es gibt Möglichkeiten, das Kind trotzdem zu bekommen. Es zur Adoption freigeben, zum Beispiel.
Ich habe mit meiner Mutter darüber gesprochen. Sie
findet es nicht besonders gut und ... du hältst ja auch
nichts davon, wenn Eltern ihre Kinder weggeben."
Das ist mir so herausgerutscht, weil es mir die ganze
Zeit schon durch den Kopf schwirrt. Selbst das wäre
für Jona noch ein Verrat an seinen Überzeugungen.

Jona starrt unentwegt durch die Windschutzschei-
be auf die Straße und wendet nicht ein einziges Mal
den Kopf in meine Richtung, während er angestrengt
nachzudenken scheint.

„Ich sehe das jetzt anders", murmelt er nach langem
Zögern. „Ich halte das für eine gute Lösung."

Während Jona den Wagen in eine Parklücke manöv-
riert, habe ich genug Zeit, mir seine Worte durch den
Kopf gehen zu lassen. Mir fallen genau zwei Gründe
ein, warum er das sagt. Zum einen, weil das Kind dann
wenigstens leben würde, zum anderen, weil er hofft,
ich würde mich noch umentscheiden, eine Bindung
zu diesem Baby aufbauen und es dann doch behalten
wollen. Und genau davor habe ich Angst.

Wir schleichen uns mitten in der Andacht in den
Raum, aber obwohl Aaron weiterspricht, als wäre
nichts gewesen, drehen sich die meisten zu uns um. Ich
habe das Gefühl, dass alle auf meinen Bauch starren.

Jona lässt meine Hand los und quetscht sich auf einen freien Platz neben Thomas. Obwohl er sich ver-

mutlich nicht einmal etwas dabei gedacht hat, fühle ich mich durch diese Geste im Stich gelassen. Allerdings nur einen Augenblick lang, denn als ich mich neben Jona auf die Sofalehne setze, schlingt er einen Arm um meine Taille und flüstert mir zu, es sei ihm egal, was die anderen denken.

Während Aaron davon spricht, dass es wichtig sei, für das einzustehen, was man getan habe, und Verantwortung zu übernehmen, sieht Jona aber ganz und gar nicht danach aus, als wäre es ihm egal. Ich hasse es, sehen zu müssen, wie er still vor sich hinleidet und dabei so tut, als wäre alles in Ordnung. Aber ich kann an der ganzen Situation auch nichts ändern. Oder vielleicht könnte ich es. Aber zu welchem Preis?

———

Ich sitze auch während des Lobpreises neben Jona und beobachte, wie er krampfhaft versucht, sich auf die Texte zu konzentrieren, die wie immer über einen Beamer an die Wand projiziert werden. Immer wieder hält er inne, schließt die Augen – vielleicht um zu beten – doch schließlich gibt er es auf und starrt gedankenverloren zu Boden.

Einer plötzlichen Eingebung folgend, stehe ich auf und ergreife seine Hand. Die anderen sehen uns natürlich nach, als wir gemeinsam mitten im Lobpreis den Raum verlassen, aber nach allem, was in den letzten Wochen passiert ist, ist nun auch egal, was sie davon halten.

„Mir geht so viel durch den Kopf." Jona lässt sich an die Wand sinken und sieht mich nachdenklich an. Er scheint ganz froh, den Blicken und den lauschenden Ohren der anderen entkommen zu sein. „Es ist alles so schrecklich durcheinander. *Ich* bin so durcheinander!"

Ich überlege, ob ich seine Hand nehmen soll und nach langem Ringen entscheide ich mich dafür.

„Es ist alles so furchtbar schwierig."

Ich setze an, etwas zu erwidern, aber Jona unterbricht mich: „Ich weiß, für dich ist es wahrscheinlich fast noch schwieriger. Aber ich bin froh, dass du das Kind doch bekommen willst. Ich meine, eine Adoption … das ist nicht das, was ich mir gewünscht habe, aber vielleicht ist es wirklich die beste Lösung."

„Jona …", setze ich an, doch mir fehlen die Worte. Ich habe ehrlich zu Jona sein und ihm meine Gedanken mitteilen wollen, nur deshalb habe ich das vorhin alles gesagt. Aber ich habe nicht geahnt, dass er sich so sehr an diese kleine Hoffnung klammern würde.

„Wir können dafür beten, dass es in eine gute Familie kommt. Zu Eltern, die sich wirklich ein Kind wünschen und –"

„Jona." Ich lasse seine Hand los. „Ich habe mich noch nicht entschieden."

„Was?"

Meine Augen brennen plötzlich und ich weiß gar nicht mehr, was ich sagen soll. „So einfach ist das nicht", würge ich hervor. „Ich meine, ich … ich kann darüber nachdenken. Aber …" Was wäre dann mit der Schule? Und was würden die Leute sagen, wenn man mir die Schwangerschaft erst ansähe? Und wenn das Kind dann einfach weg wäre und ich zugeben müsste, dass ich es nicht habe behalten wollen?

Während mir all diese Gedanken durch den Kopf schießen, wird mir bewusst, dass ich diese Option niemals wirklich in Betracht gezogen habe. Es war lediglich ein Versuch, mich selbst und auch Jona zu beruhigen und ihn dazu zu bringen, nicht allzu schlecht von mir zu denken. Und nun tue ich ihm damit nur noch mehr weh.

„Es tut mir leid", murmle ich und will wieder nach seiner Hand greifen. Doch Jona lässt es nicht zu.

„Warum nicht?", will er wissen. „Was spricht dagegen?"

Das habe ich zuerst auch gefragt, als ich nach dem Beratungsgespräch mit meiner Mutter über die verschiedenen Möglichkeiten gesprochen habe. „Mach es dir doch nicht schwerer als es ist", hat sie darauf gesagt und mir die Schulter getätschelt. „Mäuschen, ich weiß, es ist keine leichte Entscheidung. Aber glaubst du wirklich, das Kind zur Adoption freizugeben, würde das Problem lösen? Du würdest dich immer fragen, wo es ist und wie es ihm geht."

Ich weiß, dass Jona, wenn ich ihm von diesen Bedenken erzählte, nur sagen würde, dass das immer noch besser sei, als das Baby zu töten. Und das will ich nicht hören. Jona versteht einfach nicht, was das Problem ist. Ich bin zu jung, um Mutter zu werden, ich fühle mich dem nicht gewachsen. Auch nicht, wenn ich das Kind nicht selbst aufziehen muss.

Und weil meine eigene Angst mich wütend macht, werfe ich Jona das vor, was meine Mutter noch gesagt hat: „Du hast ja leicht reden! Ich bin es doch, die es zur Welt bringen muss, die alle komisch ansehen und –"

„Es betrifft mich genauso", fällt Jona mir mit kühler, aber sehr ruhiger Stimme ins Wort. Daraufhin entsteht ein langes Schweigen, während dessen wir uns gegenüberstehen und einander ansehen, in der Hoffnung, dass wenigstens einer von uns die richtigen Worte findet.

„Ich kann es nicht", flüstere ich schließlich und wende mich dann schnell ab. Ich brauche kein Wort der Erklärung hinzuzufügen, denn Jona weiß genau, was ich meine.

Kapitel 36
Jona

Marie und ich gehen nach unserem Gespräch wieder in den Jugendraum, auch wenn es mir eher danach wäre, wegzurennen. Aber was brächte das? Nichts. Und so höre ich Thomas nach dem Lobpreis dabei zu, wie er erst einmal von seiner Woche erzählt. Das tut gut, irgendwie bringt es ein kleines Stück Normalität, wo doch sonst in diesem Raum keiner normal zu sein scheint. Ich habe das Gefühl, alle schauen ständig zu Marie und mir herüber und tuscheln. Noch schlimmer ist Sarah mit ihrem Blick, der mich beinahe durchbohrt. Und am allerschlimmsten sind meine eigenen Gedanken, wenn ich Marie anschaue.

„Was habe ich eigentlich im Leiterkreis verpasst?", will Thomas schließlich wissen. „Du weißt ja, ich musste nach Erlangen, das ging einfach nicht anders. Ist halt blöd, gerade weil wir ja wirklich nicht oft Besprechung haben. Ich muss Aaron später noch nach dem neuen Plan fragen."

Ich nicke und hoffe, dass die Frage, ob er im Leiterkreis etwas verpasst habe, nur eine rhetorische war. Aber das war sie nicht.

„Wie war es denn?", fragt er noch einmal. „Haben sie … na ja, du weißt schon. Haben sie etwas zu euch beiden gesagt?" Er schaut zuerst zu mir, dann zu Marie, die plötzlich hellhörig geworden ist. Ich habe ihr nicht erzählt, was passiert ist, und eigentlich möchte ich es Thomas genauso wenig erzählen, aber ihn anzulügen ist für mich auch keine Option.

„Zu uns beiden haben sie nicht direkt etwas gesagt."

„Und indirekt?"

„Ich werde erst einmal keine Andacht mehr halten." Ich kann nichts dagegen tun, dass mein Tonfall nicht besonders glücklich klingt. Und ich kann Thomas auch nicht ansehen, deshalb schaue ich an ihm vorbei an die Wand, in der auch die Tür ist. Etwa in ihrer Mitte hängen Vorhänge, genau gegenüber dem Fenster auf der anderen Seite. Nur dass auf der Türseite kein Fenster ist, zumindest kein echtes. Vor zwei Jahren haben Thomas, Ida und ich dort eines aufgemalt, mit Fensterkreuz und Blick auf den Dom und gleichzeitig auf die Alte Mainbrücke und ihre Heiligenfiguren, die unter der Marienfeste liegt.

„Wieso willst du keine Andacht mehr halten?", fragt mich Marie verwirrt. Ich drehe mich zu ihr hin. Sie sieht ziemlich schockiert aus und ich habe keine Ahnung, ob ich wirklich die Wahrheit sagen soll.

„Darum geht es nicht, oder? Also darum, dass du keine mehr halten wolltest", wirft Thomas allerdings ein, bevor ich irgendwie reagieren kann.

„Stimmt", sage ich.

„Wie, stimmt?" Ich höre Marie an, dass sie nicht genau weiß, wie Thomas das meint.

„Na ja, die anderen haben gemeint, dass ich vorerst keine Andacht mehr halten sollte. Aber sie haben schon recht damit, schließlich bin ich wirklich nicht mehr glaubwürdig."

„Soll ich mit Aaron reden?", fragt Thomas sofort, aber ich schüttle den Kopf; an Sarahs Meinung würde das wohl wenig ändern. Mein bester Freund schaut mich mitleidig an, auch wenn er wohl einsieht, weshalb ich nicht möchte, dass er mir hilft. Ich frage mich einen Moment lang, wie die Sitzung wohl gelaufen wäre, wenn Thomas dabei gewesen wäre. Er hätte mich sicher verteidigt und ich wäre mir nicht ganz so blöd und heuchlerisch vorgekommen. Aber zum einen habe ich das wohl nicht anders verdient und zum anderen hätte ich sicher nicht gewollt, dass er sich wegen mir vielleicht sogar mit meiner Schwester anlegt.

Plötzlich spüre ich, wie sich Maries Arm enger um mich legt und ihre Hand über meine Schulter streichelt. Sie hat keinen Ton mehr gesagt, aber als unsere Blicke sich treffen, sehe ich, dass sie mit mir mitfühlt. Das tut gut und ich schaffe es sogar, sie anzulächeln, bevor ich sie flüchtig küsse.

„Ihr seht echt süß aus miteinander", reißt mich Thomas aus meinen Gedanken. Er grinst mich an. „Ich meine, ihr wisst ja selbst, dass das mit dem Schwangerwerden schneller gegangen ist als erhofft, aber … wenn ich euch so ansehe, bin ich mir ganz sicher, dass der kleine Jona oder die kleine Marie es gut bei euch haben wird. Ab wann kann man denn wissen, was es wird? Wollt ihr das überhaupt wissen?" Ich weiß, dass Thomas mit seiner Frage vermutlich nur vom Thema Leiterkreissitzung ablenken will, doch ohne es zu wissen, bringt er uns damit zu einem noch unangenehmeren Thema. Leider scheint er nicht zu bemerken, wie ungern Marie und ich darüber sprechen oder überhaupt nachdenken wollen. Da er nichts davon weiß, dass Marie abtreiben lassen will, fängt er an, von Kindern zu schwärmen, insbesondere von Maries und meinem.

„Ich werde doch Pate, oder?", scherzt er dann auch noch zu allem Überfluss und fixiert Maries Bauch. Natürlich sieht man dem noch nicht an, dass sie schwanger ist. Trotzdem überkommt mich der Wunsch, meine Hand auf ihren Bauch zu legen, um dem Baby zu zeigen, dass es geliebt wird.

„Wir haben uns noch nicht überlegt, wer Pate wird", sagt Marie, als sie sieht, dass mir Tränen in die Augen treten. Dann nimmt sie meine Hand und verkündet, dass wir jetzt nach Hause gehen. Ich äußere mich nicht dazu, sondern verabschiede mich nur kurz von Thomas, der mir sicher ansieht, dass es mir nicht gut geht, aber nichts sagt. Ich hätte ihm gerne von meinen Sorgen erzählt, aber mir ist klar, dass das nicht geht.

Im Auto reden Marie und ich kein Wort, obwohl sie sich immer wieder räuspert, als wolle sie etwas sagen. Ich selbst fühle mich, als hätte ich den totalen Tunnelblick. Als ich vor dem Haus halte, in dem Marie wohnt, schaue ich sie nicht an, sondern wünsche ihr nur leise eine gute Nacht. Nachdem sie die Haustüre hinter sich zugezogen hat, kommen die Tränen, die ich den ganzen Abend über zurückgehalten habe.

Als ich in unserem Flur stehe, bemerke ich, dass im Wohnzimmer noch Licht brennt, und gehe kurzentschlossen hinein. Im Sessel sitzt mein Vater, wie immer bereits im Schlafanzug, und liest ein Buch.

„Hallo, Jona", sagt er und sieht mich über den Rand seiner Brille hinweg an. Sein zuvor noch so zufriedener Blick wird besorgt und einen Augenblick später steht er vor mir und nimmt mich in den Arm, woraufhin ich wieder zu weinen beginne, wie ich es seit Jahren nicht mehr getan habe. Dann erzähle ich stockend davon, dass Marie das Baby nicht möchte, dass ich ihr angeboten habe, sie zu heiraten, dass ich kaum noch an etwas anderes denken kann, als daran, dass ich wohl mein erstes Kind verlieren werde. Die ganze Zeit über hört mir mein Vater zu und sagt kein Wort. Ich bin froh darüber – wenn er anfangen würde, sich über Marie aufzuregen, würde das sicher nicht helfen.

„Ich bin froh, dass du mir das erzählt hast", sagt er dann schließlich und streicht mir eine tränenfeuchte Haarsträhne aus dem Gesicht. „Ich werde für dich beten, mein Sohn." Schließlich bringt er mich nach oben in mein Zimmer und wir beten noch gemeinsam. Danach bin ich so ruhig, dass ich einschlafen kann.

Am Sonntag telefoniere ich nur kurz mit Marie und auch am Montag in der Schule sehen wir uns lediglich ein paar Minuten. Doch am Nachmittag ruft Marie mich an und sagt mir, dass sie am Dienstag nächste Woche einen Termin hat, um das Baby abtreiben zu lassen. Als ich das höre, löst sich all die Hoffnung, die ich den Sonntag über gesammelt habe, wieder in Luft auf. Beinahe blind vor Tränen gehe ich in das Arbeitszimmer meines Vaters, der gerade telefoniert, aber als er mich sieht, wimmelt er seinen Gesprächspartner schnell ab. Es tut gut zu wissen, dass ich mit ihm reden kann.

Kapitel 37
Marie

Wenn die Situation für Jona nur nicht ganz so schlimm wäre. Ich schätze, ich selbst könnte all die Sorgen und Gedanken schon irgendwie zurückdrängen. Aber ich ertrage es nicht, dass er so darunter leidet. Sein Schmerz gibt mir das Gefühl, schuldig zu sein.

Am Mittwoch sitze ich gemeinsam mit Romeo auf dem Sofa und traue mich nicht, Jona anzurufen. Ich weiß, dass es jetzt kein Zurück mehr gibt, obwohl ich mittlerweile glaube, dass Jona mir niemals wird verzeihen können. Und Gott? Kann ich ihn auch nur darum bitten oder müsste ich meine Meinung dann ändern? Vorsichtshalber bete ich erst gar nicht. Romeo schreckt aus dem Schlaf und springt von meinem Schoß, als es an der Tür klingelt. Mein Herzschlag beschleunigt sich automatisch bei dem Gedanken, dass es Jona sein könnte. Aber vor der Tür steht sein Vater.

„Guten Abend, Marie", sagt er sehr förmlich. „Kann ich hereinkommen?"

Ich nicke und lasse ihn herein. Keine Minute später sitzen wir am Küchentisch. Wir scheinen uns beide unwohl zu fühlen.

„Jona weiß nicht, dass ich hier bin", erklärt Herr Liebknecht mir und faltet die Hände in seinem Schoß. „Aber du kannst dir sicher denken, warum ich mit dir sprechen will."

Um ehrlich zu sein, kann ich es mir nicht denken. Es sei denn, Jona hat ihm nun doch gesagt, dass ich das Baby nicht bekommen will. Mir wird ganz schlecht bei dem Gedanken, dass er womöglich Bescheid weiß.

„Ich möchte dir etwas erzählen", setzt er an, druckst ein wenig herum und meint dann: „Aber nicht einmal Jona weiß davon und so sollte es besser auch bleiben."

Ich nicke mechanisch, damit er fortfährt.

„Weißt du, Marie, meine Frau und ich wollten immer viele Kinder. Mindestens drei, besser vier oder noch mehr. Zwei Jahre nach Jonas Geburt wurde sie wieder schwanger – du kannst dir ja vorstellen, wie sehr wir uns gefreut haben." Er mustert mich und vielleicht kommt ihm der Gedanke, dass ich es mir ganz und gar nicht vorstellen kann. Jedenfalls schüttelt er den Kopf, dann redet er zögerlich weiter. „Im zweiten Schwangerschaftsmonat hat meine Frau das Kind verloren."

„Das … das tut mir leid", würge ich hervor, während ich mich zwingen muss, weiter in sein versteinertes Gesicht zu sehen. Ich will das alles nicht hören.

„Die Ärzte haben so getan, als wäre das nicht weiter dramatisch. Es kommt eben manchmal vor und zu einem so frühen Zeitpunkt halten sie es für verschmerzbar. Aber meine Frau und ich haben sehr getrauert. Wir haben ein Kind verloren, das wir erst eines Tages im Himmel kennenlernen werden. Und es spielt keine Rolle, dass es noch nicht einmal geboren war. Es war dennoch unser Kind."

Ich will mir die Hand auf den Bauch legen, schützend und verbergend. Um mich zurückzuhalten, setze ich mich auf meine Hände und rutsche unruhig auf meinem Platz hin und her.

„Wenn ich mir vorstelle, wir hätten uns freiwillig dazu entschieden …" Er hält lange inne. „Ich kann es mir nicht vorstellen. Allein der Gedanke, so etwas noch einmal durchmachen zu müssen, hat uns dazu veranlasst, keine eigenen Kinder mehr zu bekommen."

„Deshalb haben Sie Paul und Michi ..."

„Ja, deshalb haben wir uns dazu entschlossen, Pflegekinder zu uns zu nehmen."

Ich kann nicht verhindern, dass mir Tränen in die Augen steigen. Warum erzählt er mir das alles? Glaubt er wirklich, er kann mich noch umstimmen?

Zu allem Unglück kommt in diesem Moment meine Mutter nach Hause. Sie raschelt mit vollen Einkaufstüten, ruft mir vom Flur aus zu, ich solle ihr doch helfen, und kommt dann schwer bepackt in die Küche. Als sie dort Jonas Vater sitzen sieht, entfährt ihr ein überraschter Laut.

Hastig mache ich die beiden miteinander bekannt, aber meine Mutter hat nur Augen dafür, dass ich offenbar den Tränen nahe bin. „Was ist los mit dir? Ist etwas passiert?"

Ich schüttle hastig den Kopf und will Herrn Liebknecht schon bitten, das Gespräch an dieser Stelle abzubrechen, als er das Wort ergreift. „Bitte setzen Sie sich doch einen Augenblick zu uns. Natürlich nur, wenn Sie Zeit haben. Ich sprach gerade mit Marie über ihre Schwangerschaft und die Sache mit der Abtreibung."

„Ach", rutscht es meiner Mutter heraus. „Dann ist sie also Ihretwegen so aufgelöst!" Sie setzt sich ihm gegenüber und funkelt ihn kampflustig an. „Hören Sie mal, Ihr Sohn setzt ihr schon genug zu, also versuchen Sie jetzt nicht auch noch, ihr in ihre Angelegenheiten hineinzureden. Marie weiß, was sie tut."

„Das glaube ich nicht", sagt Herr Liebknecht ganz direkt und wendet sich wieder an mich. „Ich will damit nicht sagen, dass es nicht dein Recht wäre, eine solche Entscheidung ohne meine Beeinflussung zu treffen. Aber ich glaube, du bist dir nicht bewusst, welche Folgen ein solcher Eingriff haben kann. Und damit meine ich nicht nur die physischen Folgen. Viele Frauen leiden sehr darunter, wenn sie –"

„Lassen Sie das sein!", unterbricht meine Mutter ihn und beginnt auf ihn einzureden. Die beiden werfen sich irgendwelche medizinischen und seelsorgerlichen Fakten an den Kopf und ich sitze daneben und kann weder etwas sagen noch ihnen folgen. Alles, was mir auffällt, ist, dass Herr Liebknecht ausgesprochen freundlich bleibt. Bis meine Mutter etwas davon sagt, dass er seinen Sohn wohl besser hätte aufklären sollen, dann bräuchte er sich solche Sorgen nun nicht zu machen.

„Ich will das Beste für meinen Sohn", sagt er darauf reichlich unterkühlt. „Das können Sie im Augenblick ja wohl nicht von sich und Ihrer Tochter behaupten."

Meine Mutter klappt den Mund auf, um etwas zu sagen, aber er lässt sie nicht zu Wort kommen. „Denken Sie doch daran, was Sie Ihrer Tochter antun, wenn Sie sie zu dieser Entscheidung drängen. Und was Sie Jona antun. Es ist auch sein Kind."

„Drängen?", echot meine Mutter. „Es ist ihre eigene Entscheidung. Ich bevormunde meine Tochter nicht. In diese Situation hat sie sich selbst gebracht, also ist es auch ihre Entscheidung, wie sie das Problem lösen will."

Ich kann es nicht leiden, wie sie über das Baby in meinem Bauch spricht. Kaum habe ich das gedacht, verbessere ich mich stumm: den Embryo. Es ist noch kein Baby. Es ist nur ein winziger Haufen Zellen, zur Hälfte Jona, zur Hälfte ich. Schon wieder kommen mir die Tränen.

„Marie?" Jonas Vater sieht mich besorgt an. „Ich

habe dich gefragt, ob du das wirklich möchtest. Ist das die Entscheidung, die du für dich getroffen hast und die du für das Beste hältst?"

Ich schlucke. „Ja." Meine Mutter sieht ihn triumphierend an. „Nein", verbessere ich mich. „Eigentlich nicht."

Nachdem Herr Liebknecht gegangen ist, macht meine Mutter ein riesengroßes Theater. „Mir so in den Rücken zu fallen!", schimpft sie. „Und der! Was denkt der sich eigentlich! Nur weil er Pfarrer ist, heißt das noch lange nicht, dass er uns sagen kann, was richtig oder falsch ist!"

„Er hat es doch nur gut gemeint", murmle ich matt. Ich fühle mich seltsam leer, seit Jonas Vater gegangen ist. „Er hat ja recht. Es ist auch Jonas Kind." Kind, kein Haufen Zellen. Diese Vorstellung werde ich einfach nicht mehr los.

Ich brauche eine Weile, um mich wieder zu fassen, aber als Jona mich am Freitagnachmittag anruft und fragt, ob er mich abholen und mit in den Jugendkreis nehmen soll, gelingt es mir genauso gut wie ihm, so zu tun, als wäre nichts. Auch im Jugendkreis können wir diesen Schein aufrechterhalten und sogar die anderen verhalten sich wieder fast normal. Abgesehen natürlich von Sarah, die kein Wort mit mir redet und Jona mehr als kühl behandelt.

Ich versuche, mich fallen zu lassen und alles zu ignorieren, was mir durch den Kopf geht. Die Woche war auch so schon schwer genug. In der Schule ist es unerträglich, obwohl außer Lena und Christopher keiner eine Ahnung davon hat, dass ich schwanger bin. Dabei habe ich das Gefühl, dass man es mir schon auf große Entfernung ansehen müsste.

Es überrascht mich, dass Jona mich bittet, am Samstag zu ihm zu kommen, aber ich lehne nicht ab. Mittlerweile habe ich auch keine Angst mehr davor, seinem Vater zu begegnen. Ganz im Gegenteil, ich habe sogar das Gefühl, dass er sich tatsächlich nicht nur um Jona, sondern auch um mich sorgt. Vielleicht kann ich mit ihm sprechen und … und was? Ihn um Vergebung dafür bitten, dass seine guten Ratschläge an mich verschwendet waren und ich seinem Sohn so sehr wehtue?

„Schön, dass du da bist", begrüßt Jona mich, als ich am Samstagnachmittag bei ihm vor der Tür stehe. Ich trete gerade in den Flur, da kommen Paul und Michi wie zwei kleine Wirbelstürme angerannt und rufen wild durcheinander: „Wer ist gekommen?" und „Gehst du weg, Jona?"

Ich weiß nicht, ob ich lächeln oder weinen soll. Mir kommt meine erste Begegnung mit Jona in den Sinn, bei der ich noch dachte, Michi wäre sein Sohn. In nur wenigen Jahren könnte er tatsächlich ein Kind in diesem Alter haben. Einen kleinen Johannes oder eine kleine Johanna. Er hat damals in der Straßenbahn ja gesagt, dass ihm dieser Name gefalle. Schon damals habe ich mir insgeheim vorgestellt, wir sprächen von unseren gemeinsamen Kindern. Da war der Gedanke noch aufregend gewesen und nicht beängstigend, so wie jetzt.

Kapitel 38
Jona

Bis zum Abendessen spielen Marie und ich mit Paul und Michi Mensch-Ärgere-Dich-Nicht, wobei wir uns alle ziemlich ärgern, ob nun ernsthaft oder gespielt. Natürlich versuche ich, meine Brüder gewinnen zu lassen, und auch Marie tut das wie selbstverständlich. Dabei weiß ich, dass sie normalerweise nicht viel mit Kindern zu tun hat. Aber Mütter tun so etwas wohl instinktiv – und ich glaube, dass Marie, trotz allem, eine gute Mutter wäre. Und wieder kommt mir der kaum erträgliche Gedanke, dass sie unser Kind nicht möchte. In solchen Momenten fällt es mir schwer, sie auch nur anzusehen.

Ich weiß zwar nicht, ob Marie geplant hat, zum Abendessen hierzubleiben, aber es ergibt sich einfach und sowohl meine Mutter als auch überraschenderweise mein Vater betonen, wie gerne sie mitessen könne. Nur Sarah wirkt nicht gerade begeistert.

Mein Vater spricht ein Tischgebet, dann wird der Brotkorb herumgereicht, und wir unterhalten uns ein bisschen über den vergangenen Tag, wobei Sarah sich sehr abwesend verhält. Ich finde es schrecklich, wie kalt sie mir und vor allem Marie gegenüber ist.

In einem zynischen Moment überlege ich mir, ob sie wohl weniger abweisend wäre, wenn sie wüsste, dass Marie abtreiben lassen möchte. Doch dann verwerfe ich diesen unfairen Gedanken schnell wieder – Sarah verhält sich zwar nicht gerade nett, aber so würde sie sicher nicht reagieren.

Doch das nächste Mal, als ich sie anspreche, antwortet sie mir gar nicht, sondern sagt: „Aaron möchte übrigens, dass du dich wieder im Jugendkreis engagierst. Auch wenn ich ihm sicherlich nicht dazu geraten habe." Bevor ich etwas erwidern kann, platzt meinem Vater der Kragen – zumindest für seine Verhältnisse.

„Jetzt reicht es aber, Sarah", weist er meine Schwester zurecht. „Wir wissen alle, dass Jona und Marie einen Fehler gemacht haben. Aber du hast wirklich kein Recht dazu, über die Beiden zu urteilen, also verhalte dich nicht wie eine Zwölfjährige." Sein Tonfall ist scharf, wenn auch so ruhig, wie ich es von ihm gewohnt bin.

„Aber –", widerspricht meine Schwester, doch mein Vater unterbricht sie: „Nichts aber." Einen Augenblick später ist Sarah schon aufgesprungen und aus dem Zimmer gegangen. Ich selbst bin über diese Szene mehr als verwundert – meine Schwester und mein Vater sind normalerweise ein Herz und eine Seele. Noch dazu kommt es am Esstisch eher selten zu einem Streit.

Auch Marie wirkt etwas verstört, als ich sie von der Seite betrachte.

Plötzlich höre ich die lauten, schrillen Schreie eines Babys. Verwirrt schaue ich umher und verspüre sofort ein beklemmendes, beinahe panisches Gefühl in der Brust. In einer ansonsten vollkommen leeren Wand sehe ich eine massive, schwarz gestrichene Tür. Sofort stürze ich zu ihr und schaue durch das kleine Fenster, das in sie eingelassen ist. Hinter dem Glas erblicke ich ein

Kinderzimmer, ganz in Orange gehalten, mit Stofftieren und Holzklötzchen und einer Kinderkrippe in der Mitte. Obwohl sie meterweit entfernt scheint, erkenne ich ein kleines Baby, das in einem weißen Strampler daliegt und mit zusammengekniffenen Augen und weit aufgerissenem Mund brüllt. Sofort versuche ich, die Türe zu öffnen, aber sie bleibt verschlossen.

„Marie!", rufe ich, doch sie ist nicht in meiner Nähe. Alles, was da ist, sind die Tür und das schreiende Kind auf der anderen Seite.

Ich werfe mich gegen die Tür, reiße an ihr, doch nichts passiert. Wieder sehe ich durch die Scheibe, versuche sogar, sie einzuschlagen, doch ehe ich mich versehe, wird sie zu einer massiven Holzplatte. Ich poltere dagegen und renne dann die Wand entlang, doch es gibt keine andere Tür, es gibt gar nichts. Das Schreien meines Kindes wird immer lauter und immer schriller. Dann hört es so plötzlich auf, wie es angefangen hat, und ich stehe mitten im orangefarbenen Zimmer. Sofort stürze ich zur Wiege, doch das Kind in ihr rührt sich nicht mehr. Ich nehme es hoch, schüttle den leblosen Körper und rufe um Hilfe.

Im nächsten Moment realisiere ich, dass ich in meinem Bett liege. Blut rauscht in meinen Ohren, mein Atem geht viel zu schnell und ich bin total nass geschwitzt. Aber das alles war nur ein Traum.

Eine Weile bleibe ich liegen und bete darum, dass mein Traum nie auch nur ansatzweise wahr wird. Im Gebet werde ich langsam ruhiger, doch an Schlaf ist trotzdem nicht mehr zu denken, weshalb ich aufstehe und nach unten in die Küche gehe. Dort nehme ich ein Glas aus dem Schrank und fülle es mit Leitungswasser.

„Du bist noch wach?" Sarahs Stimme lässt mich zusammenzucken. Fast wäre mir das Glas aus der

Hand gerutscht. Ich drehe mich um und stehe meiner Schwester gegenüber.

„Schlecht geträumt", entgegne ich einsilbig und will schon an ihr vorbeigehen, als sie mich bittet, stehen zu bleiben.

„Können wir uns einen Moment hinsetzen?", fragt sie mich. Die Feindseligkeit der letzten Wochen ist aus ihrer Stimme verschwunden. Also nehme ich ihr gegenüber Platz. Mein Glas stelle ich auf das helle Holz des Tisches, dann sehe ich zu meiner Schwester.

„Ich will mich bei dir entschuldigen, Jona", sagt sie schließlich leise. „Ich weiß, dass ich mich in den letzten Wochen total daneben benommen habe. Aber ich finde den Gedanken, dass du jetzt schon Vater wirst, einfach total schrecklich. Irgendwie hatte ich erwartet, dass du ein bisschen vernünftiger bist. Du warst doch immer so vernünftig!" Ich höre in ihren Worten die Enttäuschung mitschwingen, die man eigentlich eher von Eltern erwarten würde, doch ich weiß nicht, was ich darauf erwidern soll. Wahrscheinlich werde ich ja nicht mal Vater. Zumindest nicht jetzt.

„Ist schon okay", gebe ich also lediglich zurück.

„Nein, es ist nicht okay." Sarahs Blick trifft meinen und ich wünsche mir spontan, dass wir wieder zehn Jahre jünger wären. „Ich denke wirklich, dass du im Jugendkreis momentan kein Vorbild wärst, nachdem alle wissen, was passiert ist – trotz deiner Einstellung. Sie würden sagen, dass du Wasser predigst und selbst Wein trinkst. Das weißt du. Aber ich habe mich trotzdem falsch verhalten. Das ist für dich ja sicherlich auch so schon keine leichte Situation." Sie zögert kurz und lächelt dann. „Ich muss mich wohl mit dem Gedanken anfreunden, dass mein kleiner Bruder Vater wird." Wenn sie nur wüsste.

Am darauffolgenden Montag sehe ich Marie in der Schule nicht, weshalb ich beschließe, sie am Nachmittag anzurufen. Doch dann stehe ich minutenlang mit dem Telefon in der Hand da und bringe es nicht über das Herz, ihre Nummer einzugeben. Deshalb wähle ich die von Thomas.

„Ich weiß einfach nicht, was ich machen soll", erkläre ich ihm eine Weile später. „Ich liebe Marie so sehr, aber wie kann ich akzeptieren, dass sie das Kind abtreiben lassen will? Schließlich wäre das so, als würde ich ihre Entscheidung einfach hinnehmen. Aber diese Entscheidung ist doch falsch! Das wäre fast so, als würde ich wissen, dass sie einen Mord begehen will und ich würde nichts dagegen tun! Nein, eigentlich ist das genau das Gleiche. Wie könnte ich sie also unterstützen?"

„Natürlich kannst du das nicht. Das wäre der totale Wahnsinn", gibt Thomas nach kurzem Zögern zu. „Aber was willst du denn sonst machen?"

„Ich könnte sie verlassen", schlage ich vor, obwohl sich in mir alles dagegen sträubt. „Nur ändern würde das auch nichts. Und, ehrlich gesagt, kann ich mir gar nicht vorstellen, nicht mehr mit ihr zusammen zu sein. Aber kann ich das nach der Abtreibung überhaupt noch?"

„Das weiß ich nicht", erwidert Thomas und seufzt. „Ich kann dir auch keinen Rat geben, Jona. Aber ich finde, dass man gegen manche Dinge einfach machtlos ist. Du hast ihr ja auch deutlich gemacht, dass du es für falsch hältst. Du unterstützt diese Entscheidung ja nicht."

„Ja", antworte ich und reibe mir mit meiner freien Hand über die schmerzende Stirn.

„Weißt du, was Gott tut? Er hasst die Sünde, aber er liebt die Sünder. Vielleicht solltest du darüber mal nachdenken. Sieh mal, Gott lässt bei jedem Einzelnen von uns so vieles zu. Doch weder verlässt er uns noch hört er auf, uns zu lieben."

Kapitel 39
Marie

„Mach dir nicht zu viele Gedanken", rät mir meine Mutter, als sie am Montagabend an meiner Bettkante sitzt, wie sie es schon seit vielen Jahren nicht mehr getan hat. Sie will mir Mut machen, aber es gelingt ihr nicht. Für sie ist die Welt erst wieder in Ordnung, wenn der morgige Tag überstanden ist.

„Du schaffst das. Und Jona wird es irgendwann verstehen."

Ich nicke tapfer, obwohl ich weiß, dass das nicht wahr ist. Jona wird niemals verstehen, warum ich mich so entschieden habe. Er wird in mir immer die Mörderin seines Kindes sehen. Aber wäre es denn besser, das Kind zu bekommen und alles durcheinanderzubringen? Ich müsste die Schule abbrechen und meine Träume genauso aufgeben, wie meine Mutter es meinetwegen tun musste. Und damit wäre es ja nicht getan! Wie sollte ich denn für ein Kind sorgen? Ich fühle mich zu jung, um eine solche Verantwortung zu übernehmen. Natürlich will ich irgendwann Kinder haben, aber dann möchte ich auch bereit dazu sein und sie von ganzem Herzen lieben können. Wie sollte ich das denn unter diesen Umständen?

Ich bekomme all diese Gedanken nicht aus dem Kopf, egal wie lange ich in die Dunkelheit starre und nicht einschlafen kann. Wie soll ich das morgen nur schaffen? Meine Mutter muss arbeiten und kann mich nicht begleiten. Und Jona würde ich nie darum bitten. Ich kann noch nicht einmal zu Gott beten und ihn bitten, bei mir zu sein. Lieber sollte ich ihn anflehen, wegzusehen und unbeachtet zu lassen, was ich da tue.

Durch mein dünnes Nachthemd betaste ich ganz vorsichtig meinen Bauch. Wie es wohl wäre, wenn man es irgendwann spüren würde? Das kann ich eines Tages immer noch herausfinden, nicht wahr? In ein paar Jahren, wenn die Situation eine andere ist.

Aber es stimmt, was Jona sagt. Das wird nicht dasselbe Baby sein. Im Biologie-Leistungskurs haben wir über die Variabilität von Erbgut gesprochen. Selbst wenn sie vom selben Vater und von der selben Mutter abstammen, werden zwei Kinder nie genau gleich sein. In der Schule lernen wir natürlich, das sei Zufall. Aber das halte ich für absoluten Unsinn. Wozu denn Zufall, wenn es doch Gott gibt?

Diese Gedanken machen es mir nicht gerade einfacher einzuschlafen. Gott hat einen Menschen entworfen, einen Menschen, den er liebt, weil er alle Menschen liebt. Und ich will nicht einmal, dass dieser Mensch geboren wird.

Hastig ziehe ich die Hände von meinem Bauch zurück und richte mich auf. Ich kann jetzt unmöglich schlafen. Ganz leise tapse ich durch den dunklen Flur ins Wohnzimmer, entscheide mich aber dagegen, den Fernseher einzuschalten, weil ich meine Mutter nicht aufwecken will.

Stattdessen öffne ich eine der Kommodenschubladen und ziehe ein altes Fotoalbum heraus. Früher haben meine Mutter und ich uns die Bilder manchmal angesehen, aber das ist lange her. Mittlerweile kann ich mich an die meisten kaum noch erinnern.

In dem Album kleben eine Aufnahme von Mama

und meinem Vater – die einzige, die es gibt – und ein paar Dutzend Kinderfotos von mir. In einem Umschlag, der vorne im Album liegt, finde ich ein Bild, das nicht lange nach meiner Geburt im Krankenhaus gemacht worden sein muss. Mama sieht völlig fertig aus, aber sie strahlt, als wolle sie die ganze Welt umarmen. Dabei reichen ihre schmalen Arme gerade aus, um mich, ein in Decken gewickeltes Bündel, behutsam an sich zu drücken.

Das Bild verschwimmt vor meinen Augen und ich klappe das Album hastig zu. Das war ja auch eine saublöde Idee, es mir ausgerechnet heute Nacht anzusehen.

Der Dienstagmorgen kommt dann doch viel schneller, als mir lieb ist. Erst im Wartezimmer des Krankenhauses scheinen plötzlich alle Uhren stehen zu bleiben. Stundenlang sitze ich da, wie es mir scheint, und mir ist furchtbar schlecht. Kann ich das wirklich durchziehen? Kann ich all meine Bedenken, ja, kann ich sogar Gott einfach so außen vor lassen und diese Entscheidung verantworten? Wie soll ich danach je wieder zu ihm beten und so tun können, als wäre nichts geschehen?

Jona ist jetzt in der Schule und vermutlich geht es ihm nicht besser als mir. Ich weiß nicht, ob ich ihm jemals wieder in die Augen sehen kann, wenn das hier vorbei ist. Vermutlich nicht. Vermutlich wäre es ohnehin das Beste, ihn nicht Tag für Tag durch meinen Anblick an das zu erinnern, was war. Aber so selbstlos kann ich nicht sein. Ich liebe Jona viel zu sehr, um ihn zu verlassen, und sei es aus Rücksicht.

Ich starre auf meine Hände, die gefaltet auf meinem Schoß liegen. Warum dauert das alles so lange?

Ich weiß nicht, wie lange ich es noch durchhalte, nicht davonzulaufen.

„Gott, ich kann das nicht", murmle ich mit gesenktem Kopf. „Aber ich kann auch nicht aufstehen und gehen. Ich muss das jetzt durchziehen." Er muss das verstehen. Jona muss es verstehen. Es geht immerhin um meine Zukunft. Ist es egoistisch, so zu denken? Vermutlich schon. Aber ich habe bei meiner eigenen Mutter gesehen, was es kostet, so früh ein Kind zu bekommen. Sie hat ihren Berufstraum für mich aufgeben müssen und den Mann, den sie damals liebte, verloren. Und obwohl ein Außenstehender niemals auf diese Idee kommen würde, weiß ich doch, dass sie niemals wirklich darüber hinweggekommen ist. Was, wenn ich das Kind bekäme und dann feststellen würde, dass der Preis doch zu hoch war? Was, wenn ich das Kind einfach nicht lieben könnte? Ich kann mir ohnehin nicht vorstellen, wie ich jemals anders empfinden sollte als jetzt. Und jetzt fühle ich so viel Angst vor dieser Entscheidung, dass für so etwas wie Liebe selbst dann kein Platz wäre, wenn ich es wollte.

„Ich weiß, dass du das nicht gut findest, Herr. Aber ich brauche dich jetzt trotzdem." Vor einigen Wochen hat Thomas im Jugendkreis eine Andacht gehalten, in der er sagte, wir Christen wollten Gott zwar schon überall dabei haben, aber wir seien oft nicht bereit, seine Wege zu gehen, und verlangten, dass er sich unseren Vorstellungen anpasse. Daran muss ich jetzt denken, während ich Gott um Beistand bitte.

„Ich will ja deinen Weg gehen!" Ein Schluchzen kämpft sich in meiner Kehle nach oben. „Ich will doch, aber es geht einfach nicht. Gott, ich schaffe das nicht." Jetzt aufzustehen und zu gehen, würde eine Kraft und Entschlossenheit erfordern, die ich einfach nicht habe. Es wäre mit dieser Entscheidung ja nicht getan. Wenn ich jetzt gehen würde, müsste ich mich den Folgen dieses Entschlusses stellen. Und wie sollte ich das jemals schaffen?

„Herr, das kann ich nicht." Nicht allein. Aber vielleicht mit ihm? Ich habe keine Ahnung, wo dieser Gedanke so plötzlich herkommt, aber mit einem Mal ist er da und überlagert alles andere. „Gib mir ein Zeichen, irgendwas, das mir zeigt, dass du mir da durchhelfen willst, dann stehe ich auf und gehe." Ich starre die vertrocknet aussehende Pflanze mir gegenüber an und warte fast darauf, dass irgendetwas geschieht. Dass sie plötzlich aufblüht oder so. Aber nichts passiert. Und keine Antwort ist doch auch eine Antwort.

Jetzt ist es ohnehin zu spät. Die Tür geht auf und – ich glaube meinen Augen nicht trauen zu können, als mir statt einer Schwester Jona gegenübersteht.

Er sieht aus, als hätte er in der vergangenen Nacht überhaupt nicht geschlafen, was vermutlich der Realität entspricht.

„Was ... was machst du hier?", bringe ich hervor und rutsche ein Stückchen weg, als er sich neben mich setzt. „Du solltest nicht hier sein! Geh wieder."

Er schüttelt den Kopf. „Ich habe nachgedacht", sagt er leise. Er sieht aus dem Fenster ausstatt zu mir und schluckt mehrmals, ehe er zu sprechen beginnt: „Ich dachte, wenn du dich gegen unser Kind entscheidest, dann ist alles aus. Ich wusste nicht, wie ich damit umgehen soll." Er greift nach meinen vor Angst eiskalten Händen und schließt sie in die seinen. „Ich weiß es immer noch nicht."

„Bitte", setze ich noch einmal an, „geh wieder, Jona." Er hat hier nichts verloren, er hat mit der ganzen Sache nichts zu tun. Es war meine Entscheidung, das hier in Kauf zu nehmen. Es ist wie ganz am Anfang unserer

Beziehung: Jona erscheint mir als zu rein und zu unschuldig für das, was ich ihm zumute.

„Ich gehe nicht", sagt Jona mit fester Stimme. „Ich habe mich dafür entschieden, zu dir zu halten, egal was passiert. Marie, ich habe dir gesagt, ich will dich heiraten. Du weißt doch: in guten wie in schlechten Tagen." Er sucht meinen Blick, findet ihn, hält ihn fest. „Das hier sind die schlechten Tage. Aber ich halte zu dir."

„Egal, wie ich mich entscheide?"

Kurz zögert er, muss sich überwinden. „Egal, wie du dich entscheidest."

Das alles ist einfach zu viel. Ich würde mich am liebsten an Jonas Schulter sinken lassen und weinen. Um mich herum dreht sich alles in rasanter Geschwindigkeit.

„Marie?", fragt Jona alarmiert.

„Mir ist schlecht", murmle ich und werde im nächsten Moment von ihm auf die Beine gezogen.

„Komm. Wir gehen einen Moment raus an die frische Luft."

„Aber ich muss hierbleiben", protestiere ich halbherzig, lasse mich aber von Jona nach draußen führen. Innerhalb kürzester Zeit kann ich wieder klar denken.

„Ich muss wieder rein", sage ich, rühre mich aber nicht vom Fleck. Ich sitze neben Jona auf einer Bank neben der Tür und der Wind bläst uns eiskalt entgegen. Trotzdem möchte ich für immer hierbleiben.

Jona sagt überhaupt nichts mehr, er ist plötzlich ganz still geworden. Als ich seinem Blick folge, weiß ich auch, warum.

Ein paar Meter von uns entfernt springt ein kleiner Junge mit dickem Anorak durch das Laub, verliert das Gleichgewicht, rudert mit den kleinen Ärmchen und wird von seinem Vater aufgefangen, der immer einen

Schritt hinter ihm geht, um aufzupassen, dass er nicht fällt.

Auch wenn er ihn jetzt auffängt, kann er ihn nicht immer beschützen. Genauso liebevoll und aufmerksam ist Jona bei unserer ersten Begegnung hinter Michi hergelaufen. Und trotzdem wäre der Kleine damals beinahe vor ein Auto gerannt. Schaudernd denke ich daran zurück und schaue dann vorsichtig zu Jona, der vermutlich an etwas ganz anderes denkt. Er hat Tränen in den Augen.

Und plötzlich trifft es mich wie ein Blitz: Jona ist das Zeichen, um das ich Gott gebeten habe. Dass er hergekommen ist und mir gesagt hat, dass er zu mir halten wird, das ist Zeichen genug. Deutlicher könnte es eigentlich gar nicht mehr sein.

Kapitel 40
Jona

Als ich das kleine Kind im Laub sehe, kann ich nicht anders, als Maries und mein, unser Kind zu sehen. Sofort möchte ich wieder davonlaufen, so wie ich die ganze Nacht zwischen fliehen und bleiben hin- und hergerissen war. Aber ich habe mich fürs Bleiben entschieden, ich habe mich für Marie entschieden, egal wie ihre Entscheidung ausfällt.

Die ganze Nacht hindurch habe ich gebetet, erst mit meinem Vater, dann allein. Ich habe gebetet, dass Marie es sich anders überlegt, dass sie versteht, dass wir es schaffen können. Selbst heute früh habe ich noch gehofft, dass es etwas ändern würde, wenn ich zu ihr ins Krankenhaus käme.

Ich bemerke erst, dass ich weine, als die erste Träne bis zu meiner Lippe gerollt ist. Es ist nur eine von vielen Tränen, die ich schon um unser Kind geweint habe und noch weinen werde, aber ich kann nicht auch noch den Menschen, den ich liebe, verlieren. Also gebe ich mir einen Ruck und richte meinen Blick wieder auf Marie, dabei kann ich ihr gerade nicht einmal in die Augen schauen.

„Wir müssen reingehen", sage ich leise und stehe auf. Marie soll es jetzt hinter sich bringen und es nicht noch einmal verschieben müssen, weil wir hier draußen sitzen, während sie aufgerufen wird. Das möchte ich weder ihr noch mir zumuten.

Marie steht auf und ich halte ihr die Hand hin, damit wir zusammen zurück ins Krankenhaus gehen können. Sie nimmt meine Hand, doch sie bewegt sich kein Stück.

„Bring mich hier weg", sagt sie nur. Auch ihre Stimme ist leise, aber ihr Tonfall ist sehr bestimmt. Trotzdem weiß ich erst einmal gar nicht, was sie meint. Zweifelnd schaue ich sie an und sehe eine seltsame Entschlossenheit in ihren Augen.

„Aber …", widerspreche ich und sehe von Marie zur Eingangstür und wieder zurück.

„Nein", entgegnet sie. „Bring mich nach Hause. Bitte." Dann ist sie es, die mich mit sich zieht. Erst außerhalb des Krankenhausgeländes bleibt sie stehen. Ich schaue sie noch immer vollkommen perplex an.

„Willst du …?", frage ich und Marie nickt.

„Ich will es behalten. Ich will das Kind bekommen." Meine Freundin sieht mich so fest an, dass ich weiß, dass das nicht nur eine fixe Idee ist. Ich schließe die Augen und umarme sie eine gefühlte Ewigkeit. Und ich fange wieder an zu weinen, aber diesmal vor Freude und Erleichterung und wegen des Gefühls, mich vor Gott auf die Erde schmeißen zu müssen, weil er so wahnsinnig groß und gut und liebend ist.

„Danke, danke, danke", ist alles, was ich ihm sagen kann. Marie will, dass unser Kind lebt.

———

Ich halte Maries Hand, während sie schläft. Die letzten Tage waren auch für sie einfach zu viel, aber jetzt liegt sie da und sieht vollkommen entspannt aus.

„Ich liebe dich", flüstere ich und betrachte dann das

Stück Decke, das auf ihrem Bauch liegt. Man sieht nicht, dass in diesem Bauch ein kleines Wesen wächst, aber ich möchte ihn trotzdem immer noch berühren. Und jetzt darf ich das. Jetzt darf ich meine Hand ganz nahe an unser Baby legen und ihm zeigen, dass nicht nur seine Mama, sondern auch sein Papa da ist.

Ich sitze noch eine ganze Weile so da, total vom Augenblick gefangen. Dann lege ich mich neben Marie und schließe die Augen. Natürlich weiß ich, dass unsere Zukunft nicht einfach wird. Marie muss ihrer Mutter sagen, dass sie das Kind doch bekommt, und die wird geschockt sein und im ersten Moment wohl auch nicht begeistert. Aber das wird noch das kleinste Übel sein. Marie muss die Schule unterbrechen, zumindest für eine Weile, und selbst wenn sie Hilfe beim Nachlernen bekommt, wird das nicht leicht werden. Oder sie muss ein Jahr pausieren – ein Jahr, das sie damit auf jeden Fall verliert. Ganz zu schweigen von den Schwierigkeiten, die ein Studium mit sich bringen würde. Aber ich möchte, dass Marie die Möglichkeit hat, zu studieren, obwohl sie Mutter wird. Sie wird schon auf so vieles verzichten müssen – auf das Weggehen, auf durchgeschlafene Nächte, auf Verantwortungslosigkeit –, da soll sie zumindest die Möglichkeit haben, das aus ihrem Leben zu machen, was sie damit vorhatte.

Was aus mir wird, weiß ich genauso wenig. Vielleicht werde ich nach dem Abi als Allererstes arbeiten, damit wir zumindest ein bisschen auf eigenen Füßen stehen können.

Trotzdem wissen wir, dass wir nicht allein sind. Es gibt so viele Menschen in unserem Umfeld, die uns unterstützen werden, wir haben uns und unser Baby, für das sich alle Mühe und aller Verzicht lohnen. Und wir haben Gott, der uns Halt und Kraft gibt, ganz egal, was kommen mag.

Epilog
Marie

Meine kleine Johanna,

kaum zu glauben: Seit noch nicht einmal vierundzwanzig Stunden bist du auf der Welt und doch hast du schon alles verändert. Vielleicht liegt das daran, dass du in Wahrheit schon viel länger bei uns bist und schon ab dem Moment, in dem ich erfahren habe, dass ich dich unter meinem Herzen trage, alles ganz anders war.

Ich wünschte, ich könnte dir sagen, dass ich mich vom ersten Augenblick an über dich gefreut hätte, aber das wäre eine Lüge. Heute weiß ich, dass du uns nicht ohne Grund unverhofft geschenkt worden bist.

Es ist verrückt, dass man manche Dinge erst rückblickend erkennt. Früher war ich Christ, lebte aber nicht nach Gottes Wort. Jonas Erwartungen – die Erwartungen deines Vaters – und die der anderen waren zu hoch, um sie zu erfüllen, weil es in meinem Herzen ganz anders aussah, als ich sie glauben machte. Ich wollte meine Entscheidungen selbst treffen, weil ich Angst hatte, sie in Gottes Hände zu legen. Wie dumm von mir, nicht darauf zu vertrauen, dass er das Beste für mich wollte.

Johanna, du bist das Beste und ohne dich hätte ich es vielleicht bis heute nicht begriffen. Dann wäre ich Gott immer noch so furchtbar fern. Dass ich dich jetzt beobachten darf, wie du friedlich in einem viel zu großen

Krankenhausbettchen schläfst, ist ein Wunder. Endlich kann ich dich sehen, den kleinen Engel, der mir schon, bevor er auch nur geboren war, gezeigt hat, wie Gottes Liebe wirklich ist.

Was ich am Anfang versäumt habe, hat er dafür umso mehr getan: Er hat dich vom ersten Augenblick an geliebt und gewollt. Und nun liebe auch ich dich so sehr, dass ich nur hoffen kann, damit alles wiedergutzumachen.

Nachdem ich vor etwa sieben Monaten meine Entscheidung getroffen hatte, dachte ich, die Schuld, die ich auf mich geladen hatte, würde mich innerlich zerfressen. Wie hatte es nur so weit kommen können? Wie hatte ich glauben können, das, was ich tun wollte, sei in Ordnung? Wie hatte ich mein eigenes Kind nicht haben wollen können?

Gott hat mich von dieser Schuld befreit. Er hat mir vergeben und ich hoffe, dass auch du mir vergibst. Selbst dein Vater Jona, dem ich mit meinem Verhalten so viel Schmerz zugefügt habe, hält mir nichts vor. Jona, der jetzt wirklich Vater ist. Als ich ihm zum ersten Mal begegnet bin, habe ich geglaubt, er habe einen Sohn. Das hat mich schockiert, weil er doch noch so jung war. Jetzt ist er immer noch sehr jung – neunzehn Jahre – und hat eine Tochter. Dich, Johanna, und du kannst mir glauben, dass er dich über alles liebt.

Was soll man da noch sagen? Gott, Jona und ich, wir lieben dich, und deine Großeltern können es nicht erwarten, dich auch endlich in ihren Armen zu halten. Trotz allem ist das doch Beweis genug: Du bist gewollt.

In Liebe,
deine Mama

Mehr von Melissa C. Feurer

Melissa C. Feurer
Regentropfentage
ISBN 978-3-86827-168-3
112 Seiten, kartoniert

Seitdem die sechzehnjährige Leona mit ansehen musste, wie ihr Freund Kai bei einem Autounfall ums Leben kam, ist sie verstummt. Was soll man auch sagen,
wenn einem die große Liebe von einer Sekunde zur
anderen genommen wird? Bei ihrer Tante Nora soll Leona sich von dem Schicksalsschlag erholen.
Bereits auf der Zugfahrt lernt Leona den neunzehn-
jährigen Raphael kennen. Er ist anscheinend fest entschlossen, sich mit ihr anzufreunden und sie aus ihrem
Schneckenhaus zu locken. Doch was will er eigentlich
von ihr? Und was soll sie mit diesem liebenden Gott
anfangen, von dem er ihr ständig erzählt? Wenn es einen solchen Gott wirklich gäbe, hätte er ja wohl kaum
zugelassen, dass Kai bei dem Unfall ums Leben kam!
Oder etwa doch ...?

Melissa C. Feurer
Schattenseite
ISBN 978-3-86827-250-5
ca. 208 Seiten, kartoniert

Emily ist die Leadsängerin der Band Skyness, Josua der
Gitarrist der Band Rockbound. Bis vor zwei Jahren wa-
ren sie ein Paar, jetzt reden sie nicht mehr miteinander.
Aber vergessen haben sie einander nie.
Als Josua durch die Medien erfährt, dass Emily im
Krankenhaus ist, ist ihm klar: Sie braucht ihn jetzt!
Da lässt er sich von nichts und niemandem aufhalten,
auch nicht von Emilys Bruder, der so gar nichts für
Josua übrighat…
Doch will Emily ihn überhaupt sehen? Was ist der
Grund dafür, dass sie so anders ist? Und stehen die
Gründe, die damals zur Trennung führten, nicht im-
mer noch zwischen ihnen? Immerhin kann Josua mit
ihrem Gott heute genauso wenig anfangen wie da-
mals …

Adrian Holloway
Der Schock deines Lebens
Are you ready?
ISBN 978-3-86122-527-0
176 Seiten, kartoniert

„... seltsam, was für ein normaler Tag es war. Ich kapiere bis jetzt nicht, wie alles so vorhersebar sein konnte, so langweilig. Man würde doch erwarten, dass der Tag, an dem man stirbt, irgendwie gespenstisch ist und irgendwo unheimliche Musik läuft, aber ich schaute mir beim Anziehen das Frühstücksfernsehen an ..."

Doch dann wird's konkret.
Daniel, Anne und Judith haben eines gemeinsam: Ein verheerender Autounfall katapultiert sie in die Ewigkeit. Hier erwartet sie der Schock ihres Lebens: Die Sache mit Gott und Jesus, Himmel und Hölle – alles wahr! Und plötzlich ist Schluss mit lustig, denn jetzt zählt nur noch eine Frage – wie standen sie zu alledem: Nie gehört, null Bock, lieber light oder voll dabei?

Krass?
Auch wenn's lästig ist:
Das Hier und Jetzt ist gepfeffert mit Fragen.
Lass dich provozieren – deine Zukunft sollte es dir wert sein!

Adrian Holloway
Der Schock danach
You'd better be ready
ISBN 978-3-86122-784-7
320 Seiten, kartoniert

Ein Autounfall katapultiert Daniel in die Ewigkeit, doch er bekommt eine zweite Chance: zurück ins Leben. Als er im Krankenhaus aufwacht, ist er völlig umgekrempelt. Er weiß, was es mit dem Leben nach dem Tod auf sich hat. Und er kennt nur noch ein Ziel: Seine Freunde und seine Familie müssen begreifen, dass Jesus ihre einzige Hoffnung ist! Doch die anderen sind von dieser Perspektive ganz und gar nicht überzeugt ...

Ein Buch voller Fragen und Antworten, die provozieren und deutlich machen, worauf es wirklich ankommt – lass dich darauf ein!

Roland Werner
Christ werden ... Mensch sein
ISBN 978-3-86122-711-3
64 Seiten, kartoniert

„Christsein? Natürlich bin ich Christ! Schließlich bin ich doch getauft und gehe regelmäßig in die Kirche – mindestens einmal im Jahr an Weihnachten!"

„Christsein? Alt, verstaubt, verklemmt, ein total überholter Lebensstil. Kein Thema für Leute von heute!"

Schon mal solche Sätze gehört? Oder sogar – selber so gedacht? Dieses Buch ist die Einladung, alten Vorurteilen mal auf den Zahn zu fühlen. Denn Christ werden und Christ sein ist keine Forderung, sondern ein Angebot, das zum Leben führt. Es ist das Angebot einer Lebenserneuerung. Deshalb gilt: lesen, nachdenken, ausprobieren, erleben!